Petit Itinéraire vers le bonheur

De Lily Chrissie SCOT

ISBN : 9791096262052

Merci à Elsa, Yvan et Jean-Pascal

Préface

Pour certains, un rien peut changer leur vie.

Pas soudainement, mais petit à petit, par étape et au fil des rencontres.

Les choix à faire, bons ou mauvais, il faut les assumer et aller jusqu'au bout. Mais, est-ce que cela nous mène réellement au bonheur tant recherché ?

La route est longue, avec des moments difficiles parfois, mais au bout... Quand on y croit...

Jean-Pascal

v

A tous ceux qui voyagent à vélo

Pierre

Il s'était réveillé un matin.

Rien de particulier n'était arrivé durant la nuit, ni le jour précédent, ni même les autres d'ailleurs. Et pourtant, ce matin-là était différent des autres.

Il avait ouvert les yeux en grand et, le regard fixé sur le plafond en bois, s'était adressé à lui-même à voix haute :

- Regarde-toi, tu n'es pas heureux. Réalise quelque chose ! Tu n'as qu'une vie. Prends-la en main.

Pierre se parlait à lui-même, se réprimandait même.

Il venait d'avoir vingt-deux ans quelques jours plus tôt, le 16 mars 1902.

Il était issu d'une famille d'immigrés polonais qui avait trouvé refuge en France, à la suite d'une politique de répression dans leur pays. Pierre avait travaillé dans de nombreuses fermes. Et ce, depuis l'âge de quatorze ans. Il ne voulait plus être un poids pour ses parents, qui avaient déjà bien du mal à subvenir à leurs propres besoins.

Ils vivaient dans la Creuse, dans une misérable chaumière, et se nourrissaient de ce que leur donnaient le jardin et les bêtes. Le père était bien trop âgé et usé pour labourer les champs des autres et rapporter un peu d'argent à la maison.

Alors, avec son certificat d'études en poche, Pierre était parti tenter sa chance à Paris. Il rêvait d'être employé dans une imprimerie. Aligner des lettres, former des mots, des phrases... L'odeur familière de l'encre l'envahissait, et surtout, il voulait réaliser son rêve d'enfant. C'était une promesse qu'il s'était faite le jour où Monsieur Bondin, le maître d'école, avait accompagné ses élèves visiter l'imprimerie de la ville voisine.

Malgré le travail à la maison, dans le jardin et avec les bêtes, il n'avait jamais manqué l'école.

Même ce jour de décembre, où en franchissant la rivière, il était tombé dans l'eau, un incident qui lui avait valu une fièvre de cheval, il avait malgré tout voulu continuer à s'instruire.

Mais le nom de Storkawicz ne lui avait pas ouvert les portes du monde de l'impression. À chaque fois, la réaction était la même. On riait de son patronyme, en s'amusant à en déformer les syllabes. « Groscaviste, Staravis, Storsmachin », étaient les sobriquets qu'il entendait quand il se présentait, toujours suivis de grands éclats de rire. Finalement, on lui disait que l'on recherchait quelqu'un du pays, capable d'écrire le français correctement, sans même lui laisser une chance.

Ce rejet n'était qu'une continuité de sa vie d'enfant. Il aurait aimé avoir des camarades, mais c'étaient eux qui ne voulaient pas de lui. Surnommé « l'étranger » il était bien plus fréquemment la risée des autres, que le compagnon idéal qu'il aurait voulu être.

Aujourd'hui, il était adulte, et toujours aussi solitaire. Aucune femme ne voudrait d'un homme comme lui, issu d'une famille d'immigrés, parcourant les villes à vélo à la recherche d'un emploi. Un simple jeune homme travaillant dans les fermes, incapable de subvenir aux besoins d'une famille.

Mais, ce matin-là, il s'était réveillé en prenant une décision capitale : le bonheur, il y avait droit. Pour l'atteindre, il était disposé à parcourir des centaines de kilomètres à son vélo.

Oui, des centaines de kilomètres ! Car le bonheur, il savait où le trouver et comment y parvenir !

En effet, alors qu'il était attablé au café de Bretagne dans la rue de Montparnasse, il avait surpris une conversation entre deux Bretons bien éméchés. Le premier, stupéfait par la révélation de son compagnon de beuverie, s'était exclamé :

- La tombe de Saint-Léonard ! Mais diantre ! Que me racontes-tu là ?

- Je t'assure ! Que je meurs sur-le-champ si je ne te dis pas la vérité ! Tous tes vœux se réalisent, je te le jure !

Intrigué, Pierre s'était concentré pour entendre la suite de la conversation dont les propos l'intéressaient. Il écoutait l'homme ressasser son histoire, tandis que son interlocuteur, sceptique, se laissait peu à peu convaincre par ce récit incroyable.

« Il était question de son frère Auffret dont la femme était stérile. Dépité de ne pas avoir d'héritier pour ses terres et faire perdurer sa lignée, celui-ci n'adressait plus la parole à son épouse. Il s'isolait toute la journée au point de devenir asocial et agressif. Cette injustice de la vie le rongeait. Puis un jour, alors qu'Auffret, pensif, était assis sur un rocher, un vieil homme croisa sa route.

- Tu fais bien une drôle de tête, mon ami ! lança le vieillard. Avec une journée pareille, tu devrais te réjouir, le soleil brille !

- Ne m'en parle pas l'ancêtre, la vie est finie pour moi. J'ai épousé une femme qui ne peut m'assurer d'héritier. Me voilà seul et sans but. La mécréante ! Si je l'avais su avant de l'épouser !

- Ce n'est que cela ? Alors, viens avec moi et ton vœu se réalisera. Je me prénomme Guérin, répondit l'étranger, en lui tendant la main.

Auffret considéra le vieil homme attentivement. Il était petit, vêtu de façon convenable et arborait un grand sourire. Il semblait avoir toute sa tête. Devant l'air incrédule d'Auffret, l'inconnu continua.

- Ma plus jeune est fort malade et aucun médecin n'arrive à la guérir et je ne veux pas qu'elle meure. Je me rends sur la tombe de Saint-Léonard pour lui demander de la sauver. Viens avec moi et demande-lui de rendre ta femme fertile.

- Qui est Saint-Léonard ? Et où repose-t-il ?

- En marchant raisonnablement, sa tombe est à moins de trois jours de Rennes.

- Rennes ? Mais dis-moi, vieil homme, nous sommes à la pointe bretonne. Il faut bien huit jours pour s'y rendre.

- Comme tu veux, Auffret. Pour moi, le temps que cela me prendra, n'a pas d'importance. Ce que je veux, c'est que ma fille guérisse. Désolé de t'avoir dérangé, répondit-il en poursuivant sa route.

- Attends Guérin, je n'ai pas dit que je ne voulais point venir avec toi. Mais raconte-m'en plus sur cette tombe.

Le vieil homme regarda autour de lui et remarqua une pierre qui lui semblait assez confortable pour s'asseoir, avant de commencer son récit.

- Léonard était un brigand, une brute. Il attaquait quiconque croisait son chemin, sans remords, ni pitié. Il terrorisait les passants sur les grands chemins. Sa réputation ne tarda point à se répandre dans toute la Bretagne. Un jour, il cueillit une pomme qui n'était pas encore assez mûre. Dès la première bouchée, il la recracha, surpris par son amertume. Furieux, il jeta le fruit entamé. Quelques jours plus tard, repassant par cet endroit, son regard fut attiré par la couleur de la pomme restée au même endroit. Il la ramassa et croqua à nouveau dans le fruit : il le trouva succulent. C'est alors qu'ill. prit conscience que tout ce qui était mauvais pouvait devenir bon. Alors pourquoi ne pas arrêter de faire le mal et devenir bon afin que les gens cessent de le fuir ?

Guérin voyait qu'il tenait Auffret en haleine. Aussi, il gonfla la poitrine avant de poursuivre :

- Il faut dire aussi qu'il était fatigué de terrifier les alentours. À partir de ce jour, il cherca à faire le bien autour de lui pour réparer ses erreurs. Ainsi, un jour, voulant aider un charretier à réparer une roue cassée, il s'approcha. Mais l'homme, en le voyant venir dans sa direction, prit peur et le tua à coups de bâton. On enterra Léonard et depuis, il se rachète en exauçant les vœux de ceux qui viennent sur sa tombe.

Auffret restait sans voix, ne sachant pas s'il devait croire le récit de Guérin.

- Fais comme tu veux, lui répondit ce dernier, en voyant son hésitation. Moi, j'y vais ! J'ai rencontré des gens qui lui ont demandé des faveurs et ils les ont obtenues.

Auffret réfléchissait. Guérin avait raison : pourquoi affirmer que cela était impossible s'il n'essayait pas.

Il releva la tête et s'adressa à lui :

- Accompagne-moi à ma demeure, vieil homme, je t'offre le gîte et le couvert pour cette nuit. Demain, je partirai avec toi.

Et un an plus tard, la femme d'Auffret mit au monde un garçon ».

Le départ

Pierre était sans travail depuis huit jours. Les quelques sous qui lui restaient lui permettraient tout juste de payer deux semaines supplémentaires de gîte et de couvert. Il logeait depuis quelques mois dans la petite pension de la rue du Tourniquet.

Nous étions à la fin du mois de mars et le temps était plutôt clément pour la saison. On sentait assurément l'arrivée du printemps.

Avec cet argent, s'il partait, il tiendrait probablement plus longtemps.

Il fit le calcul mentalement : avec son vélo, il pourrait parcourir une cinquantaine de kilomètres quotidiennement. Ainsi, dans six ou sept jours, il atteindrait la tombe de Saint-Léonard, à Andouillé-Neuville, dans l'ancienne province de Bretagne.

Peut-être pourrait-il tenir plus longtemps, s'il

trouvait du travail en chemin. Pour dormir, il trouverait sûrement des fermes, où il pourrait profiter de la paille des granges, en guise de lit.

Donc, au mieux, une semaine suffirait pour accéder au bonheur, et cette pensée le faisait frétiller d'impatience.

Ne voulant pas perdre une minute, il se leva d'un bond, rassembla le peu d'affaires qu'il avait et les noua dans un tissu qu'il enfila en bandoulière. Dans la cour, il s'aspergea d'eau, prit son vélo et donna congé à la tenancière.

Il était encore tôt. Huit heures n'avaient pas sonné, mais le soleil commençait déjà à réchauffer l'air. Pierre se sentait léger et heureux. Sa vie avait enfin un sens.

En marchant sur le trottoir, son vélo à la main, ses yeux furent attirés sur un objet brillant.

C'était une pièce d'un franc !

Sa couleur argentée brillait sous les rayons du soleil levant. Pierre la ramassa et regarda autour de lui. Il n'y avait personne.

Qui avait bien pu égarer cette pièce ?

Il se précipita au coin de l'impasse, mais il n'y avait pas âme qui vive. Les rues étaient désertes.

Observant sa trouvaille, il essaya de réfléchir. Il retourna la pièce, comme pour y déceler le nom de son propriétaire. Puis, son regard se fixa sur la semeuse gravée sur une des faces. Cette pièce de monnaie représentait une demi-journée de travail dans les champs.

Elle allait manquer à son propriétaire. Seulement, il ne pouvait retrouver l'infortuné qui l'avait perdue.

Il en conclut que la chance avait mis cette pièce sur son chemin. Il ne la dépenserait pas. Elle était belle et brillait au soleil. La providence l'avait placée sur sa route vers la quête du bonheur. Il la garderait au fond de sa poche. Ce sera son porte-bonheur.

Cela renforçait son avis : ce voyage demeurait réellement une idée brillante, et cette pièce le confirmait.

Sûr de lui, il enfourcha son vélo et remonta la rue en direction du canal Saint-Denis. Il était plein de rêves, enthousiaste à l'idée d'entreprendre ce voyage.

Il s'imprégnait de chaque scène se déroulant autour de lui, chose qu'il ne s'était jamais accordée auparavant.

Mais aujourd'hui, c'était différent.

Sa vie allait changer.

Il s'arrêta pour observer une dernière fois la vie du quartier, pour emporter des souvenirs de Paris avec lui. Il suivit du regard, le train qui transportait des bêtes à l'abattoir de la Villette, par le pont de chemin de fer qui enjambait le canal.

Impassibles au bruit, des chevaux tiraient un bateau à l'écluse.

Il sourit comme s'il disait une dernière fois au revoir à cette vie parisienne, qui ne lui avait accordé aucune chance, et poursuivit sa route.

Rémi

Il devait à peine avoir dix-huit ans. Les traits de son visage étaient grossiers et ses gestes lui donnaient une allure pataude. À ce physique désavantageux s'ajoutaient des oreilles démesurées et décollées. Cela lui valait le sobriquet de « feuilles de chou », comme Pierre l'apprit plus tard.

Pour l'heure, il se tenait assis au milieu de la route, sa bicyclette renversée à côté de lui. Il ne se souciait ni du reste du monde, ni du danger potentiel d'occuper un tel endroit, à la sortie d'un virage.

Tout ce qui le préoccupait pour l'instant, c'était son genou écorché dans la chute et les quelques gouttes de sang qu'il épongeait.

Pierre, qui ne s'attendait pas à trouver un homme au milieu de la rue, faillit lui rouler dessus. Il l'évita de justesse et après quelques zigzags avec le guidon, il s'arrêta contre le trottoir, fort heureusement, sans mal.

La peur lui fit hausser la voix :

- Mais qu'est-ce que tu fabriques par terre ? Tu cherches à te faire écraser ? Imagine si une charrette arrive, ou pire, une de ces automobiles !

- Désolé, j'ai buté sur cette pierre et je vérifiais si mon genou allait bien, répondit le jeune garçon.

Il finit par se relever et secoua son pantalon avant de poursuivre :

- Je m'appelle Rémi.

Tout en murmurant ces mots, il tendit la main à Pierre qui hésita avant de la serrer.

Retrouvant son calme, ce dernier lui demanda :

- Alors, tout va bien ? Pas trop de mal ?

- Non, rien de grave, répondit Rémi en ramassant sa bicyclette. Il faut que j'y aille. Je dois être à Chartres cet après-midi pour livrer ces jambons à l'auberge que tiennent mes grands-parents.

Il désigna le cageot à l'arrière de son vélo, ou étaient bien attachés et rangés de petits paquets enveloppés dans du tissu et de la ficelle.

- Tiens ! Moi aussi, je vais à Chartres, répliqua Pierre. Tu veux qu'on fasse la route ensemble ? D'autant plus que je ne sais pas trop par où passer.

Un immense sourire se dessina sur le visage de Rémi.

- Je serai ton guide. La route, moi, je la connais !

- Merci. Moi, c'est Pierre.

Tout en roulant côte à côte, ils discutèrent de leur vie respective, qui, à quelques détails près se ressemblait. Ni l'un, ni l'autre ne possédait de travail ou d'existence passionnante à leur goût.

Pris dans leur conversation, ils sortirent de Paris sans même s'en rendre compte. Pierre était heureux, son voyage commençait très bien.

Il avait même rencontré un compagnon de route fort sympathique.

La Pierre trouée

Après deux heures de route, et avoir traversé quelques hameaux, ils passèrent devant un rocher où une flèche indiquait le nom d'un lieu-dit : « La Pierre Trouée ».

- Tu connais cet endroit ? demanda Pierre, intrigué.

Rémi ne répondit pas tout de suite. Il consulta d'abord sa montre, héritage de son aïeul, et sourit. Enfin, s'adressant à son compagnon de route, il répondit :

- Bien sûr ! Tout le monde le connaît et je suis étonné que tu n'en aies jamais entendu parler ! Les gens viennent des lieues à la ronde pour toucher cette pierre. On dit qu'elle détient un pouvoir. Moi, je ne manque jamais de m'y arrêter, chaque fois que je passe par ici.

- Qu'a donc cette pierre de si extraordinaire ?
- Elle possède le pouvoir de guérison.

- Ah ! Mais toi, tu n'es pas malade ?

- Précisément, c'est pour me préserver de tous les maux qui existent sur cette terre. Chaque fois que tu touches la pierre, tu es protégé pour les mois à venir. Même en plein hiver, tu pourrais marcher pieds nus dans la neige sans risquer d'attraper pas la mort.

- C'est vrai ? demanda Pierre, méfiant.

- Si je te le dis ! Tu veux la toucher ?

- Certainement !

- Alors, suis-moi, je t'y emmène.

Rémi emprunta un chemin étroit qui s'enfonçait dans le bois. En peu de temps, ils atteignirent à une trouée. De là, ils aperçurent un rocher rond qui surplombait un petit talus. Il mesurait environ deux mètres de circonférence, avec un creux en son centre, comme une bague. Sa taille et sa forme imposante étaient impressionnantes.

- En quoi ce rocher aurait-il un tel pouvoir ? interrogea Pierre sceptique.

- Il y a fort longtemps, un orage s'est abattu sur la région. Il était si violent que toutes les rivières ont débordé, dévastant tout sur leur passage. Les habitants étaient convaincus que leur dernier jour était arrivé. Même les animaux, guidés par leur instinct, avaient fui. Il faisait nuit en plein jour. Puis, la foudre s'abattit sur cette pierre et le sol trembla jusqu'à Paris. Depuis, ce rocher renferme une force cosmique capable de tout guérir.

Pierre restait songeur. Cette histoire lui faisait presque peur, mais en même temps, il était fasciné que la nature puisse posséder de tels pouvoirs bénéfiques pour les humains.

Il demanda :

- Que faut-il faire ? Juste toucher le rocher ?

- Non, il te faut être nu comme un ver afin que tout ton corps entre en contact avec le caillou.

- Euh, tu crois ? répondit-il, en scrutant les alentours pour être sûr qu'ils étaient seuls.

- Je ne crois pas, j'en suis sûr ! C'est comme ça que ça marche ! Mais après tout, si tu ne veux pas bénéficier des bienfaits du rocher, libre à toi.

- Et toi ? Tu ne le fais pas ?

- Je l'ai fait, il y a trois semaines à peine.

- Mais, si quelqu'un arrive ?

- Tu vois bien qu'il n'y a personne. Et puis zut, tu m'ennuies. Allez, on repart !

- Non attends ! D'accord, je veux bien.

- À la bonne heure ! Pose tes affaires sur cette souche et grimpe le petit talus jusqu'au rocher. Ensuite, il faut t'allonger dessus de tout ton long.

Pierre s'exécuta, non sans gêne. Obéissant, il s'étendit sur la surface rugueuse du rocher.

Mais presque aussitôt, il se figea. Il entendit des voix féminines pousser de petits cris de stupéfaction, rapidement couverts par le rire de Rémi. Pierre resta immobile, n'osant pas se retourner. Il discerna des éclats de voix.

L'une d'entre-elles gronda Rémi :

- Tu ne peux pas t'empêcher de faire cette mauvaise blague ! Venez, les filles, poursuivons notre route. Laissons ce pauvre garçon se rhabiller.

Toujours accroché à son rocher, Pierre les entendit s'éloigner. Lorsqu'il fut certain d'être seul avec Rémi, il descendit. Tout en se rhabillant, il hurla à l'intention de son compagnon de route qui ne pouvait plus s'arrêter de s'esclaffer.

- Tu t'es bien moqué de moi avec ton histoire. Tu es sans cœur !

- Ho, ho ! C'était trop facile. C'est exactement l'heure où les lavandières vont au lavoir. Et toi, comment as-tu pu croire à mon histoire ?

Vexé, Pierre, une fois revêtu, attrapa son vélo et s'engagea sur le chemin. Il avait une envie furieuse de botter Rémi. La rage montait en lui et il fit appel à toutes ses forces pour surmonter cette humiliation. Derrière lui, il entendait encore son compagnon rire, tout en essayant de s'excuser.

Fuir ce rire ! Voilà ce qu'il devait faire. Il enfourcha son vélo et pédala si vite et si fort, qu'il en perdit le souffle.

Quelques kilomètres plus loin, il dut s'arrêter, jeta son vélo sur le bas-côté et se laissa tomber dans l'herbe. Il ferma les yeux. Comment Rémi, avait-il pu lui jouer ce mauvais tour ? Pourquoi l'avait-il ridiculisé ?

Et puis, il s'en voulait tant d'avoir été si naïf.

Fort heureusement, Rémi mit du temps à le rattraper, ce qui permit à Pierre d'apaiser sa colère.

- Pierre, excuse-moi !

- Pourquoi as-tu fait ça ? lança-t-il.

- Je voulais juste te faire une bonne blague ! Allez, accepte mes excuses.

- Je n'y arrive pas, j'ai encore trop de colère en moi.

- Allez, poursuivons la route. Je te promets que je regrette sincèrement. Passe devant si tu veux. Je resterai derrière. Je ne recommencerai pas. Je te le promets.

À contrecœur et méfiant, Pierre se releva et remonta sur son vélo.

Ils roulaient maintenant depuis plus de trois heures et venaient tout juste de passer le village de Maintenon. Pierre commençait à ne plus penser à la brimade de Rémi. Ce dernier faisait tout pour lui faire oublier la mésaventure, s'intéressant à sa destination et lui posant des questions à ce sujet.

Pierre lui expliqua et, repensant au bonheur qui l'attendait, son enthousiasme revint. Il se surprit même à répondre avec assiduité à toutes les questions de Rémi.

Rassasié, par tout ce qu'il venait d'apprendre, Rémi se perdit tellement dans ses pensées qu'il en oublia presque de pédaler. Pierre dut ralentir pour l'attendre.

Quelques minutes plus tard, Rémi lui dit :

- Tu as vraiment de la chance de partir là-bas.

- Je m'en donne les moyens, rétorqua Pierre.

- Oui, mais toi, tu peux ! Moi, je suis

incapable de le faire. Tu as vraiment de la chance !

- Qu'est-ce qui te retient ? Pars avec moi.

- Cela semble si facile quand tu en parles. Mais non, j'ai des obligations. Mes parents comptent sur moi. Ce n'est pas aussi simple que pour toi !

- Tout dépend de ce que tu veux. Moi, je veux accéder au bonheur ! Tu n'as pas de travail et rien ne te retient. Tu peux faire la route avec moi !

- J'aimerais avoir ta détermination, mais je ne peux pas. Et puis, je suis sûr que ça ne marcherait pas pour moi.

- Pourquoi ?

- Parce que partout où je me rends, il y a constamment un truc qui ne va pas.

Pierre se tut, exaspéré par cette conversation. Evidemment que rien ne pouvait bien se passer, puisque Rémi refusait de s'en donner les moyens. En tenant ces propos, il s'en persuadait et se condamnait lui-même.

Pierre préféra garder le silence, sachant que son compagnon ne changerait pas d'avis.

- *Sûr qu'avec une telle attitude, tu n'atteindras jamais le bonheur* ! pensa-t-il en lui-même.

Puis tout haut, il ajouta :

- Déjà, sois optimiste et tu verras que certaines barrières se lèveront. Depuis que je suis avec toi, rien ne va jamais. Tu envie toujours les autres ! C'est peut-être pour ça que tu as plaisir à les rabaisser en leur faisant de mauvaises blagues. Imagine si nous avions tous ton attitude !

- J'essaie de rester confiant dans la chance, mais c'est elle qui ne veut pas de moi ! répliqua Rémi, vexé.

- Tu vois, tu es encore négatif. Pense plutôt à t'en sortir. Donne-t'en les moyens d'y croire très fort. Plus tu seras pessimiste, plus tu iras vers ce négatif, puisque c'est ce que tu décides ! Sois positif et tu iras vers le mieux.

Rémi arrêta son vélo brusquement. Surpris, Pierre en fit autant.

Son compagnon de route s'exclama :

- Tu vois, toi aussi, tu t'y mets. Je ne rencontre que des gens qui sont contre moi. Nos chemins s'arrêtent ici ! C'est toi qui es négatif vis-à-vis de moi ! Tu n'es pas à ma place ! C'est facile pour toi, tu as tout pour réussir !

- Que veux-tu dire ? Tu as autant de chances que quiconque, il te suffit de le vouloir vraiment et d'arrêter de te plaindre. Allez, repartons.

- Non ! hurla Rémi en s'engageant dans une direction opposée ! Personne ne cherche à me comprendre !

Pierre hésita un moment. Puis, devant l'attitude de son compagnon, il haussa les épaules et poursuivit sa route. Après tout, il serait bien mieux seul que mal accompagné. Il ne souhaitait plus entendre quelqu'un se plaindre ou broyer du noir. C'était inintéressant. Lui aussi faisait face à ses problèmes. Il ne voulait pas endurer ceux de Rémi en plus.

- Heureusement que je ne suis pas comme lui. La vie est déjà assez dure. Il ne faut pas sombrer dans le désespoir, ni penser qu'on ne pourra jamais réussir ou envier les autres ! Lui, c'est sûr, il n'obtiendra jamais le bonheur avec une telle attitude ! Moi, je vais vers lui !

Cela lui redonna le sourire et l'aida à oublier cet incident fâcheux. Il ne mit pas longtemps à apercevoir les premières maisons de Chartres. Il s'y dirigea en accélérant la cadence.

Chartres

Le vent soufflait de plus en plus fort dans tous les sens. Pierre longeait l'Eure. Son regard était porté sur la ville située en hauteur et dominée par une superbe cathédrale sur sa gauche.

Il finit par suivre le long de la voie de chemin de fer qui le mena à une côte, conduisant à la place principale, où se tenait une foire aux bestiaux. De voir tant d'effervescence le surprit agréablement. Après avoir sillonné des campagnes désertes, il était heureux de pouvoir se mêler aux badauds, d'entendre rire, parler…

Les bestiaux étaient parqués, fort heureusement, car il y avait d'énormes taureaux. Pierre se surprit à sourire. Il plissa les yeux pour mieux ressentir cette atmosphère pleine de vie. Malgré un vent frisquet, le soleil parvenait à chauffer et à rendre le moment encore plus agréable.

Il s'assit sur un banc. Il se sentait bien. Il ferma les yeux et s'endormit presque.

Il commençait à se faire tard. De plus, la faim se fit sentir, ce qui le réveilla totalement. Il lui fallait trouver une auberge pour dormir et manger. Pierre en aperçut une de l'autre côté de la place et s'y dirigea. Cependant, il s'arrêta net dès qu'il déchiffra le nom : c'était celle des grands-parents de Rémi.

Il était hors de question de rencontrer cet ancien compagnon de route. Il décida donc de se diriger vers la cathédrale. Il en fit le tour et redescendit par une porte de la ville. De l'autre côté du canal, il finit par trouver l'auberge du Baron Neigre.

Il s'y installa. De sa fenêtre, il pouvait apercevoir, sur le tertre, la cathédrale qui le fascinait tant.

Le lendemain, dimanche, il s'y rendit pour assister au culte. Quand il pénétra dans l'enceinte, il éprouva un sentiment d'insignifiance devant cette immensité. La messe avait commencé, et il entama un chant avec les fidèles.

Il se sentit aussitôt envoûté, transporté. La

fumée de l'encens s'élevant dans les hauteurs, embaumait ses narines. Il écouta le prêche sur le bonheur. Pierre y vit un signe et prêta une grande attention aux paroles du prêtre, qui indiquait que les gens malheureux ne pouvaient qu'être heureux. Il poursuivit avec ces mots tirés de l'Évangile de Matthieu.

- Le bonheur est pour ceux qui sont dans le deuil. Ils seront consolés. Le bonheur est pour les affamés et les assoiffés de justice, ils seront rassasiés…

Pierre réfléchissait à ces paroles. Le bonheur était en fait pour ceux qui ne possédaient rien, car ils avaient tout à espérer, comme lui. Ces mots allaient dans son sens ; il avait eu raison de partir. Il ne possédait rien, il ne pouvait que trouver mieux.

Perdu dans ses réflexions, il rata une partie du monologue du curé. Quand il revint à lui, d'autres chants avaient commencé. L'unisson des voix l'envoûtait.

Tout était si merveilleux, l'instant si magique.

L'office terminé, Pierre resta assis un quelques instants, tandis que la cathédrale se vidait de ses paroissiens. Il ferma les yeux. La quiétude du lieu l'apaisait.

Mais, pressé par le prêtre, il dut quitter les lieux. Il se promit de revenir afin de se ressourcer lorsqu'il rentrerait à Paris. Quand il fut à l'extérieur, il s'éloigna pour admirer la cathédrale et s'imprégner de sa beauté.

Il aurait aimé être l'un de ces bâtisseurs-artistes qui avaient participé à la construction d'une telle œuvre. Il imagina la fierté qu'avaient dû ressentir ces Compagnons. Eux avaient accédé au bonheur en érigeant ce monument.

Il aurait voulu rester plus longtemps, mais le froid commençait à se faire sentir, et il dut partir. Alors qu'il empruntait le chemin de l'auberge, il longea une rue exiguë et aperçut le nom de celle-ci : « Rue de la Poêle Percée ».

Il ne put s'empêcher de sourire :

- *Si Rémi avait été là, qu'est-ce qu'il m'aurait inventé* ? se demanda-t-il en riant, se remémorant sa propre naïveté.

Peine de vélo

Le vent s'était levé, et la température avait beaucoup chuté. Malgré ses vêtements chauds, Pierre tremblait de froid. Il accéléra la cadence pour essayer de se réchauffer, mais l'air était si vif que rien n'y fit.

Depuis qu'il avait quitté Chartres, il suivait des chemins bordés de champs, sans jamais apercevoir personne. Les kilomètres défilaient. Seules quelques maisons éparses apportaient un semblant de vie, même si Pierre n'apercevait pas les occupants.

Le vent asséchait sa gorge, et la soif se faisait sentir. Malheureusement, il ne trouva aucune taverne sur sa route, ni même une quelconque échoppe ou épicerie pour se ravitailler.

Il pédala ainsi pendant cinq heures. Il s'arrêta sur le bord du chemin pour manger le quignon de pain qui lui restait, avec un morceau de saucisse sèche. Pour son plus grand bonheur, il localisa une source à proximité, ce qui lui permit de s'abreuver.

Le vent et le froid redoublaient, le motivant à poursuivre rapidement sa route et à pédaler pour essayer de se réchauffer. Il commençait à être épuisé, le relief vallonné le forçant à grimper les côtes. Il maugréait en lui-même, mais il devait continuer. Le jeu en valait la chandelle, car au bout, il savait que sa vie allait changer. Il se dirigeait vers le bonheur, ce qui méritait au moins cet effort.

C'est dans une descente que la catastrophe arriva.

Il força pour mener son vélo en haut d'une côte un peu plus abrupte que les précédentes. C'est donc avec un grand plaisir qu'il amorça la descente, laissant le vélo gagner en rapidité. Il se sentait libre. La vitesse l'enivrait. C'était comme une récompense après l'effort enduré.

Mais ce moment de joie fut de courte durée.

Il ne vit pas l'ornière tout de suite. Lorsqu'il l'aperçut, il était trop tard. Impossible de l'éviter. La roue se tordit sous le choc.

Vélo et cycliste volèrent chacun de leur côté.

Pierre, fort heureusement, atterrit sur un talus. Celui-ci, recouvert d'herbes épaisses et de mousse, accueillit le jeune homme sans trop de mal. Il s'en tira avec quelques écorchures à la jambe et à la hanche. Ce ne fut pas la même chose pour le vélo qui alla se fracasser sur un rocher, finissant ainsi de tordre la fourche.

Pierre mit un moment à se remettre de ses émotions. Il finit par se relever et se sentit miraculé d'être encore en bonne santé physique après une telle chute.

Incrédule, il inspecta son corps. Non, il n'avait mal nulle part. Puis, il chercha le vélo du regard.

- Oh non ! gémit-il. Mon vélo !

Dépité, il tenta de le détordre, mais la roue et la fourche étaient irrécupérables. Il se laissa tomber et enfouit son visage dans ses mains.

- Comment vais-je faire ? se lamentait-il.

Certes, son vélo était vieux et rouillé. Les freins fonctionnaient mal. Mais il avait encore toute son utilité. Pierre s'en accommodait très bien. Mais là, de le voir dans cet état !

La rage lui fit monter les larmes aux yeux.

Qu'allait-il faire désormais ? Il ne savait plus. Revenir à Paris ? Mais comment ?

Quelle était donc cette idée extravagante de vouloir aller à Andouillé-Neuville ?

Apparemment, il coûtait cher d'accéder au bonheur.

Il regarda autour de lui. Des champs à perte de vue. Il haïssait cette région, il ne supportait plus ces chemins sans fin qui ne menaient nulle part.

Que faire à présent ?

Le prochain village était à une heure de marche, et il n'avait pas le choix. Il lui fallait s'y rendre et aviser sur place.

Il rassembla ses affaires éparpillées sur le chemin. Saisissant son vélo, il se mit à marcher en le tirant.

Il rouspétait à voix haute.

- J'en ai marre de cette malchance ! Quand tout pourrait aller bien, il y a continuellement quelque chose de mal qui se met en travers de ma route. J'ai assurément l'infortune avec moi ! On me prend pour un idiot, il fait froid et, pour couronner le tout, je casse mon seul moyen de transport. Sans lui, je ne peux plus continuer, ni même revenir.

Heureusement, il finit bientôt par apercevoir le clocher de Mortagne-au-Perche. Cette vision lui fit chaud au cœur.

Il pressa le pas. Ne sachant pas pourquoi, il se sentait mieux. Il renouait avec l'espoir, malgré l'état de son vélo. Voilà des heures qu'il n'avait croisé personne et, enfin, il arrivait dans un village où il allait retrouver de l'animation.

Effectivement, lorsqu'il franchit les premières maisons, il croisa deux vieillards. Ils étaient assis sur un banc en pierre et se faisaient la conversation. Les deux hommes s'arrêtèrent de parler à la vue de Pierre.

- Eh bien, mon brave, que t'est-il arrivé ? lui lança celui qui semblait le plus âgé.

- J'ai chuté avec mon vélo. Connaissez-vous quelqu'un qui puisse me le réparer ?

- J'ai bien mon fils Jacques, qui tient la forge au bout de la rue. Il dispose d'outils. Va le voir de ma part, il est exceptionnellement doué pour la bricole.

Ces dernières paroles redonnèrent espoir à Pierre. Après avoir salué poliment, il se dirigea vers l'atelier.

Jacques était affairé à donner une forme courbée à une barre de fer. Pierre dut crier pour se faire entendre. Il raconta son accident. Aidé d'une canne, le forgeron s'approcha du vélo pour l'examiner.

Une minute plus tard, le verdict tomba. L'homme s'exprima d'un air sceptique :

- Ta bicyclette est irréparable. Il faut t'en procurer une autre. Retourne d'où tu viens. Ici, personne n'en vend !

- Mais je viens de Paris. Comment vais-je faire pour y retourner ?

- Ah ! Et tu vas loin ainsi ?

- Oui, à Andouillé-Neuville.

- Je connais, c'est à plusieurs jours d'ici. Il n'y a rien là-bas ! Que vas-tu y faire ?

Pierre raconta son histoire, ou plutôt celle entendue au café breton. Il parla de sa vie, qui, à son avis, était triste et malheureuse. Il utilisa en exemple son récent accident, pour appuyer ses dires.

Quand il eut terminé, Jacques rétorqua :

- J'en ai entendu parler de ton Saint-Léonard ! Mais je n'y crois pas. Pour moi, ce sont des balivernes !

Pierre abaissa la tête, honteux de s'être livré. Mais Jacques poursuivit :

- Il n'y a pas de fumée sans feu. Si toi aussi, tu m'en parles, c'est que finalement, il y a peut-être quelque chose. Et puis, je ne peux rien affirmer, sans en avoir le cœur net. Écoute, je te propose un marché.

- Quoi donc ?

- Tu vois le vélo derrière les fagots ? Eh bien, il est à moi. On me l'a donné pour me payer en échange de travaux.

Pierre était attentif, secouant la tête d'un air entendu.

Jacques poursuivit :

- J'ai été blessé au genou, lors de la dernière guerre. De ce fait, j'ai du mal à pédaler. Ce vélo m'est inutile. Si tu as cinq sous, il est à toi !

- Mais il en vaut infiniment plus.

- Je sais, mais je vais te demander quelque chose en échange. Je veux que tu me fasses savoir ce que tu auras trouvé là-bas.

- Je te le promets ! Merci ! lui répondit le jeune homme en lui tendant la main pour conclure leur accord.

Alençon

Fort de ce cadeau, Pierre poursuivit sa route après s'être ravitaillé. Malheureusement, l'obscurité commençait à tomber. Il n'avait trouvé ni auberge ni grange pouvant l'accueillir. Aucune âme qui vive sur son chemin à qui il aurait pu solliciter l'hospitalité.

Étrangement, chaque maison était close et il n'y avait personne aux alentours. Il n'osait pas frapper aux portes.

Cette nuit-là, par la force des choses, il fut obligé de dormir sur un banc. Revêtu de ses habits les plus épais, il dormit dans la froideur de la nuit, se réveillant fréquemment en frissonnant.

Se recroquevillant sur lui-même, il essaya de s'assoupir, tentant de réchauffer la partie de son corps qui semblait le plus souffrir de la température de la nuit ; tantôt les pieds, tantôt les cuisses, les bras…

Enfin, le jour pointa son nez. Pierre se leva péniblement, le corps engourdi. Sans même manger, n'ayant plus rien dans son sac et étant trop transi par le froid et l'humidité, il préféra repartir à la hâte.

Mais dès le premier coup de pédale, une douleur intense se fit sentir derrière les chevilles. Elles étaient rouges et extrêmement enflées. Déjà, la veille, il avait ressenti une gêne, sans y prêter trop d'attention.

Cependant, malgré la souffrance, que pouvait-il faire, perdu au milieu de nulle part, sinon continuer ? Les kilomètres défilèrent, passant par un interminable sous-bois. Il pédala pendant des heures, sans jamais rencontrer âme qui vive, ni parvenir à se réchauffer. Des heures à souffrir, à remettre en question son voyage. Une farandole de pensées tourbillonnait dans sa tête :

- Le bonheur, a-t-il un prix ? Faut-il souffrir pour l'obtenir ? Ma vie n'était pas si mal après tout. J'ai toujours réussi trouvé du travail, même si ce n'était pas celui dont je rêvais. Je n'ai jamais manqué de nourriture et j'ai toujours eu

un toit au-dessus de ma tête. Regarde-toi, Pierre ! Aujourd'hui, tu as froid, tu as faim et tu souffres.

Comme pour ajouter au supplice, le vent redoubla de force. Il ralentissait la progression de Pierre, qui avait perdu tout optimisme, et souffrait atrocement des chevilles.

Enfin, en début d'après-midi, il aperçut une gare : celle d'Alençon. À sa vue, il se ragaillardit et réussit à accélérer le rythme.

Bientôt, il pénétra dans la ville. Les maisons construites en granite et en pierre calcaire, lui conféraient un aspect médiéval. Il passa devant la Préfecture, ancien hôtel particulier, pour arriver sur la place de la Basilique, où l'activité y était intense. Il poursuivit son chemin le long de la rue principale et finit par découvrir une pharmacie.

Le pharmacien, après avoir examiné ses pieds, diagnostiqua un problème de circulation sanguine. Il lui prépara un mélange d'herbes à appliquer en cataplasme et lui recommanda du repos, lui interdisant tout effort à vélo.

Une halte s'imposa donc à lui.

L'auberge de Normandie

Exténué, le corps frigorifié et douloureux, Pierre chercha une auberge où passer la nuit. La chaleur de la pièce lui fit du bien, et l'accueil du tenancier fut fort agréable. Son sourire réchauffa le cœur de Pierre, tout comme l'attention qu'il porta à ses blessures aux chevilles. L'homme l'aida à décharger son vélo et l'accompagna jusqu'à une chambre à l'étage, où Pierre dormit jusqu'au lendemain matin.

Reposé, mais le ventre vide, il descendit pour se sustenter d'un morceau de pain, de lard et d'un café. Il goûta au gâteau aux noix de Marcelle, la femme de l'aubergiste, qui l'avait préparé spécialement pour qu'il reprenne des forces.

Pierre était reconnaissant au destin d'avoir croisé ces gens si bienveillants. Sans la souffrance causée par le froid et ses chevilles, jamais il ne se serait arrêté à Alençon. Il en était heureux, car le couple le traitait comme s'il était leur propre fils. Cet esprit de famille le réconfortait et lui apportait un peu de joie.

- Vous avez bien dormi, jeune homme ? s'enquit Marcelle.

- Oh oui ! répondit-il avec un large sourire.

- Et vos chevilles, comment vont-elles ce matin ?

- La douleur semble s'être atténuée, mais malgré tout, je souffre encore, mais beaucoup moins, répondit Pierre en retroussant son pantalon pour révéler l'ampleur du mal.

En voyant l'état de ses pieds qui avaient doublé de volume, Marcelle ne put s'empêcher de s'exclamer :

- Vous n'allez quand même pas repartir ?

- Non, je pense rester un jour ou deux de plus. Avec les cataplasmes que le pharmacien m'a donnés, je vais me rétablir sous peu. Un peu de repos, et je suis sûr que je pourrai repartir bientôt.

- Je le crois aussi. Je pars annoncer à Guy, mon mari, que vous restez une ou deux nuits de plus. Vous verrez, vous serez au calme. Vous êtes notre seul client. À cette période de l'année, il n'y a pas grand monde qui passe. Nous sommes ravis de vous avoir parmi nous.

Pierre lui sourit et fit mine de partir, mais se ravisa :

- Dites-moi madame, cette nuit, il m'a semblé entendre des bruits étranges.

- Que… Quels genres de bruits ?

- Je ne saurais dire exactement… Peut-être comme des appels, ou plutôt des plaintes. Il me semble que c'était une voix féminine, mais cela semblait venir de très loin.

Marcelle se détourna pour dissimuler son trouble, mais cela n'échappa pas au jeune homme.

Après un court silence, elle répondit :

- Ce devait être le vent. Il a soufflé fort cette nuit, vous savez.

- Non, ce n'était pas le vent. J'en suis sûr. Je l'ai entendu moi aussi. Justement, il recouvrait les plaintes chaque fois qu'il redoublait d'intensité. Vous n'avez rien entendu ?

- Non ! Ce n'était que le vent, je vous dis !

Le ton de Marcelle était ferme. Son comportement étrange ne manqua pas d'intriguer Pierre, qui insista :

- Ai-je dit quelque chose de contrariant,

Madame ?

- N... Non, pas du tout. Et vous pouvez m'appeler Marcelle. Il faut que je vous laisse à présent, j'ai du travail.

Pierre n'insista pas davantage et la laissa s'éloigner. Il sortit dans le jardin et y resta une grande partie de la journée, à se détendre et profiter des rayons du soleil.

Le soir, ses chevilles avaient retrouvé leur taille normale, mais la douleur persistante lui rappelait qu'il n'était pas encore guéri. Le pharmacien avait raison, il lui faudrait beaucoup de repos.

Mais qu'importe ! Pour le moment, il se sentait apaisé. Les propriétaires de l'auberge étaient des gens chaleureux.

Plus tard, il dîna à la table de Marcelle et Guy, puis alla se coucher tôt.

L'accusation

Quand il se réveilla le lendemain, le soleil brillait haut dans le ciel. Un sourire aux lèvres, il s'habilla à la hâte, impatient de profiter de cette journée splendide. Ses pieds semblaient aller mieux. Gaiement, il se dirigea vers le centre-ville.

Avec cette luminosité et cette chaleur, la vision des choses changeait. Pierre profita du marché et flâna toute la matinée. Il se sentait bien et ne souffrait plus. Il acheta de quoi déjeuner et s'installa sur un banc pour savourer son repas. Plus tard, il s'arrêta même dans un café pour déguster un verre de vin de myrte.

Dans un état de béatitude, il se mêla aux conversations de ses voisins de table. Désinhibé par l'alcool, il se retrouva bientôt assis parmi eux, riant à gorge déployée.

L'après-midi passa à toute vitesse. Il n'était

pas encore dix-sept heures lorsqu'il retourna à l'auberge, ivre, peinant à marcher correctement. Fort heureusement, il y avait une porte à l'arrière, ce qui lui permit d'éviter de passer par la salle principale et d'échapper à une rencontre avec Marcelle ou Guy. Il put ainsi rejoindre sa chambre sans croiser personne. S'affalant sur sa couche, il tomba aussitôt dans un sommeil profond.

Il devait être à peine minuit quand Pierre se réveilla en sursaut. Il ne parvint pas immédiatement à identifier le bruit qui l'avait tiré de son sommeil. Tout semblait calme. Seule une douleur lancinante dans les tempes, lui rappelait l'alcool de la veille. Il tendit l'oreille. Rien.

Pourtant…

Il se tourna sur le côté et enfouit profondément sa tête dans le traversin, espérant se rendormir. Une minute s'écoula, quand il perçut un murmure lointain. Il se redressa.

Peut-être n'était-ce que le vent dans les arbres ? Non, le sifflement était particulier. Cela ressemblait plutôt à un chant lointain. Le son lui évoquait les récits de sirènes, à la fois envoûtant et lugubre.

Puis, tout redevint silencieux. Même le vent s'était calmé. Il attendit ainsi quelques minutes, mais plus rien ne vint perturber la tranquillité de la nuit. Il dut se rendre à l'évidence et se résigner à se rendormir. Très rapidement, il retrouva un sommeil paisible, jusqu'au lendemain.

Au petit matin, il se réveilla avec le jour. Ses chevilles étaient de nouveau enflées. Avec grande difficulté, il rejoignit ses hôtes dans la salle de l'auberge. Il se réjouissait à l'avance en imaginant ce que Marcelle avait bien pu préparer. Il respira les premières effluves émanant de la cuisine.

Malheureusement, l'accueil qu'il reçut ne fut pas celui espéré. Dès qu'il pénétra dans la pièce, il comprit aussitôt que quelque chose de grave s'était produit. Guy et Marcelle étaient assis l'un en face de l'autre, mais rien n'était installé sur la table. Ils ne disaient pas un mot, les yeux baissés sur leurs mains. Timidement, Pierre s'installa à une table voisine, tout en les saluant. Pas de réponse.

Il tenta de détendre l'atmosphère :

- Hum ! Cela sent très bon, Marcelle.

Qu'avez-vous préparé de bon ce matin ?

- Je ne sers pas les voleurs ! fut la réponse sidérante de Marcelle.

- Pardon ?

- Oh, tu peux faire l'innocent ! continua-t-elle. Nous avons appelé les gendarmes. Ils sont en route.

Bouche bée, Pierre ne sut que répondre, stupéfait par ces accusations. Sous le choc et incapable de répliquer, il regarda la porte s'ouvrir pour laisser entrer deux brigadiers.

Marcelle se précipita vers eux pour les accueillir :

- Bonjour messieurs ! Entrez, je vais vous servir un café. Regardez, le coupable est assis là ! dit-elle, en pointant Pierre d'un doigt accusateur.

Reprenant rapidement ses esprits, Pierre se leva et attrapa la main de Marcelle :

- Mais vous êtes folle ! De quoi m'accusez-vous, bon sang ? Que se passe-t-il ici ?

Elle retira sa main brusquement, tandis qu'un des officiers bloquait le bras Pierre.

- Restez calme, lui intima-t-il. Nous allons procéder à la fouille de votre chambre.

- Mais pourquoi ? De quoi suis-je accusé ?

- Ces braves commerçants se sont fait voler des candélabres en argent la nuit dernière. Il se trouve que vous êtes l'unique client dans l'auberge.

Puis, se tournant vers Marcelle, il demanda :

- Madame, pourriez-vous accompagner le brigadier Bertaut dans la chambre de ce jeune homme.

Pressée d'en finir, Marcelle acquiesça et se précipita dans les escaliers, suivie de l'homme de loi. Quand ils revinrent, rien d'anormal n'avait été découvert dans la chambre.

Guy, l'aubergiste, n'avait pas bougé. Toujours assis à la table, il tournait le dos à Pierre. Ce dernier attendait sur un banc, la tête baissée, surveillé par le second gendarme. Il savait que poser des questions ne servirait à rien.

Marcelle avait l'air en colère et maugréait :

- Je suis sûre qu'il les a cachés. Peut-être avait-il un complice à l'extérieur, à qui il a confié les chandeliers ? Vous imaginez leur valeur. Ils étaient en argent ! Mais pour moi, ils valaient bien plus, car ils étaient dans la famille de mon mari, depuis des générations. Ils ont une valeur sentimentale pour nous.

- Calmez-vous, Madame ! l'interrompit l'officier.

Puis se tournant vers Pierre, il ajouta :

- Je vais interroger cette personne. J'aimerais que vous et votre mari nous laissiez seuls, s'il vous plaît !

Le ton était sec et ferme. Marcelle hésita. Elle lança un dernier coup d'œil à Pierre avant de sortir de la pièce. Guy se leva, et sans un regard pour le jeune homme, il suivit sa femme.

Un silence pesant s'installa. Pierre, la tête baissée, attendait l'intervention du gendarme, ce qui ne tarda pas :

- L'aubergiste vous accuse de lui avoir volé ses candélabres. Je vous écoute et j'exige la vérité.

- Je vous assure que je ne les ai pas volés. Vous avez fouillé ma chambre et n'avez rien trouvé ?

- Cela ne prouve rien ! Vous avez l'air intelligent. J'ai vu que vous lisiez des livres. Vous n'auriez pas laissé le fruit de votre larcin dans votre chambre !

- Mais pourquoi moi ?

- L'évidence jeune homme ! Vous étiez seul ici cette nuit.

- Et alors justement ! C'est la meilleure façon de se faire accuser ! Et puis, je ne les ai jamais vus ces chandeliers. Comment aurais-je pu être informé de leur existence ?

- Vous disposiez de tout le temps nécessaire pour fouiller partout.

- Et pourquoi ne serait-ce pas quelqu'un de l'extérieur ?

- Parce que les patrons affirment qu'ils verrouillent les portes le soir avant de monter se coucher. Ils gardent les clés avec eux pendant la nuit. Personne ne peut entrer.

- Et ni sortir alors ?

- Effectivement !

- Alors, il m'est impossible d'avoir des complices à l'extérieur.

- Vous auriez pu les faire passer par les fenêtres du haut sans problème.

- Ce n'est pas moi ! hurla Pierre, qui sentait qu'il n'avait aucune chance d'être cru.

- Avez-vous remarqué quelque chose d'anormal cette nuit ? demanda le second officier.

Pierre fit mine de réfléchir avant de répondre.

- Non, rien de particulier, je dormais. Euh ! Si... Cela me revient !

- Quoi donc ?

- Vous n'allez jamais me croire !

- À moi de juger ! Je vous écoute !

- Eh bien, j'ai effectivement perçu quelque chose d'étrange. Une sorte de chant ou plutôt un susurrement lointain… Un murmure féminin.

- Le susurrement d'une femme ? répéta un des brigadiers, sceptique.

Un sourire se dessina sur le visage de l'officier, montrant à Pierre que son histoire ne tenait pas debout.

- Vous pouvez être un peu plus précis ?

Pierre hésita, sentant que la devenait ridicule pour lui, puis finit par dire :

- Oui, comme le chant d'une sirène !

- Ah ! Ah ! Ah ! lâcha le gendarme accompagné des rires de son collègue. Tu as entendu ça, Jean, nous avons des sirènes à Alençon. Ah ! Ah ! Ah !

- Je vous assure, tentait de répliquer le jeune homme. J'ai distingué une voix féminine. Il était environ minuit.

- J'attendais de vous une histoire beaucoup plus crédible. Comme je vous le disais, vous sembliez intelligent. Là, vous me décevez.

- Précisément, vous croyez que j'ai inventé

une telle histoire ?

- Je ne crois rien ! Je vais vous demander de nous suivre à la gendarmerie le temps d'éclaircir cette histoire de vol.

Pierre se laissa faire. Résister ne servirait à rien.

- Et mes affaires ?

- Vous n'en aurez pas l'utilité, pour le moment !

Le garçon passa la journée dans les locaux de la gendarmerie. On l'interrogea plusieurs fois. Ce ne fut qu'à la nuit tombée, qu'on l'enferma dans une cellule.

Il était approximativement vingt-deux heures lorsque l'incroyable se produisit. Le brigadier Bertaut vint déverrouiller sa cellule en lui annonçant :

- Sortez, vous êtes libre !

Dubitatif, le jeune homme ne bougea pas immédiatement. L'homme de loi laissa transparaître son impatience :

- Continuez comme cela, et je vous laisse ici le reste de la nuit !

- Je suis libre ? Vraiment libre ?

- Assurément, on vient de nous apprendre qu'un des chandeliers avait été remis à sa place dans la soirée, alors que vous étiez ici.

- Vous voyez bien que je suis innocent !

- Nous n'avons pas exclu l'idée d'un complice. Je vous demanderais en conséquence de rester en ville. Je conserve vos papiers.

- Mais où vais-je trouver à dormir à cette heure-ci ? Et mes affaires ?

- Pour le moment et au vu de l'heure, vous retournez à l'auberge de Normandie. Les propriétaires auront l'œil sur vous !

- Je n'en doute pas, conclut Pierre, amer.

Le secret de l'auberge

Quand Pierre arriva devant l'auberge, hésitant, il attendit quelques minutes avant de pénétrer à l'intérieur. Personne ne vint l'accueillir.

Malgré la faim qui le tenaillait, il monta immédiatement dans sa chambre. Exténué, il s'allongea sur le lit, sans même se déshabiller et s'endormit aussitôt.

Au milieu de la nuit, des cris retentirent et le réveillèrent. Il se redressa, tous les sens en alerte.

En moins d'une seconde, il sauta hors du lit et entrebâilla la porte de sa chambre. Tout était redevenu paisible. Il avança dans le noir sans bruit et emprunta l'escalier. Quand il fut en bas, il écouta.

Le silence.

Alors qu'il s'apprêtait à remonter, il crut

entendre un chant harmonieux. Cela semblait venir de plus bas. Avançant le plus doucement possible, il arriva dans la cuisine, guidé par le son. La voix semblait provenir de derrière le mur. Il saisit une boîte d'allumettes et en alluma une. La clarté de la lune étant insuffisante.

À l'aide de son éclairage de fortune, il scruta chaque recoin, jusqu'à distinguer une petite porte, dissimulée derrière une énorme barrique de vin. Il l'ouvrit et aperçut un escalier qu'il emprunta dans le noir total. Il sentait son cœur battre la chamade. La peur était présente, mais la curiosité l'emportait. Il fallait qu'il sache !

Pierre n'avait pas descendu trois marches que son pied buta contre quelque chose. Un bruit d'objet métallique dévalant l'escalier se fit entendre. Un plateau avec une écuelle et des couverts avait été posé là.

Le jeune homme retint sa respiration, effrayé d'avoir peut-être alerté Marcelle ou Guy. Il ne bougea plus et resta ainsi quelques minutes à écouter. Il ne discerna aucun bruit. L'auberge demeurait silencieuse. Il décida de remonter dans la cuisine pour trouver de quoi s'éclairer.

Par chance, un bougeoir était posé sur une étagère près de la porte. Il l'alluma et tendit l'oreille.

Les aubergistes dormaient certainement.

Il s'engagea de nouveau dans les escaliers, éclairant tout autour de lui. La pièce était voûtée. Un soupirail donnait sur la rue. De grosses barriques de vin étaient entreposées sur des murets en pierres. Par-dessus, des étagères étaient couvertes de pots de confiture. Aucun doute, cette cave servait de réserve. Rien d'anormal, si ce n'est la superficie qui semblait démesurée par rapport à la demeure.

C'était si grand que la luminosité de la bougie n'arrivait pas à éclairer la moitié du volume.

Le jeune homme poursuivit son excursion en se dirigeant vers le fond. Des saucisses et du jambon pendaient. D'autres étagères étaient garnies de conserves. Bientôt, il aperçut une porte. Cette entrée devait communiquer avec la cave de la maison voisine ; c'était impossible autrement, pensait Pierre ébahi par l'immensité des lieux.

Tout à coup, un bruit se fit entendre dans l'autre pièce. Le jeune homme se figea, regrettant aussitôt de s'être aventuré dans les bas-fonds de l'auberge.

Il écouta.

Un bruit sourd indiqua qu'un objet lourd était tombé. Il promena un regard circulaire.

À sa droite, du bois était entassé. Il repéra une planche étroite, posa la bougie sur le sol, afin de pouvoir empoigner cette arme de fortune à deux mains.

Après avoir pris une grande inspiration, il donna un coup d'épaule spectaculaire dans la porte. Elle céda.

Mais, avant que Pierre n'ait eu le temps à s'habituer à l'obscurité, une forme surgit de la pénombre. Il fut bousculé et perdit l'équilibre. Quand il fut à terre, il eut juste le temps d'apercevoir une créature vêtue d'une longue chemise de nuit blanche s'éclipser sous les escaliers. Ses longs cheveux ne laissaient aucun doute ; c'était une jeune fille.

Rassuré mais méfiant, il posa la planche. Puis, il ramassa la bougie avant de se diriger vers elle. Mais, au fur et à mesure qu'il s'en approchait, la femme émettait des gémissements de panique de plus en plus forts. Pierre comprit qu'il l'effrayait. Aussi, il s'éloigna tout en essayant de lui parler d'une voix posée :

- N'ayez pas peur, je ne vous veux aucun

mal. Je m'appelle Pierre.

Pour toute réponse, les cris plaintifs redoublèrent. À la lueur de la bougie, il pouvait apercevoir le visage de l'inconnue. Ses traits étaient fins, elle ne devait pas avoir vingt ans, peut-être moins.

- Qui êtes-vous ? insista-t-il.

Aucune réponse. La jeune fille essayait de masquer son visage comme pour fuir la lumière. Pierre comprit qu'il n'en tirerait rien. Il recula sans lui tourner le dos. Les gémissements cessèrent.

Dans la pièce du fond, il aperçut sur sa gauche une couverture posée sur la paille. Elle devait certainement servir de couche. À même le sol, une cuvette était posée à côté d'un seau. Quelque chose dépassant de la couverture captiva le regard du jeune homme. Il tendit son bras afin de mieux éclairer l'endroit avec la bougie. Un objet brillait : un candélabre en argent !

Son cœur s'accéléra. Il pouvait prouver son innocence ! Il réfléchit vite. Comment pouvait-il faire pour mener cette inconnue à la gendarmerie ? C'était impossible, elle ne le suivrait jamais. Il fallait faire venir le brigadier

Bertaut ici. Oui ! C'était l'unique solution !

Sortir de la cave sans l'effrayer davantage et revenir avec les forces de l'ordre.

Le plus doucement possible, il remonta les marches et referma derrière lui. Il se dirigea vers la porte extérieure, mais la trouva fermée. Il entrouvrit une fenêtre et réussit ainsi à sortir.

L'air frais le surprit. Il courut jusqu'à la gendarmerie, où il raconta son histoire. Dans un demi-sommeil, le brigadier Bertaut l'écouta avec attention. Il appela deux autres gendarmes et aussitôt, ils partirent en direction de l'auberge. Ils tambourinèrent à la porte, jusqu'à ce que Guy vînt ouvrir. À la vue des gendarmes et de Pierre, il se figea, avant de demander :

- Alors brigadier, il a avoué le vol ?

- Non, Monsieur, je veux vérifier une histoire que ce jeune homme nous a racontée. Mais j'aimerais que votre femme nous rejoigne.

Guy appela Marcelle qui arriva peu de temps après, en chemise de nuit, un châle sur ses épaules. Le gendarme fit asseoir le couple et commença à les interroger :

- J'aimerais savoir si vous vivez seuls ici ?

Guy se redressa et jeta un regard à sa femme. Il sembla perdre tous ses moyens, pendant une fraction de seconde.

Puis se ressaisissant, il répondit :

- Nous ne vivons que tous les deux dans l'auberge.

- Vous êtes sûr ? Car ce jeune homme semble affirmer le contraire. Il dit avoir aperçu une jeune fille.

Marcelle se mit à hurler :

- En plus d'être voleur, il est menteur !

- C'est faux ! répliqua Pierre, en pointant un doigt accusateur en direction de la femme. C'est vous qui mentez ! Je l'ai vue, dans votre cave !

Le visage de Marcelle avait viré au rouge. Ses yeux étaient injectés de sang. Elle se jeta sur lui et le griffa au visage.

Puis hurlant à l'attention des gendarmes :

- Arrêtez-le ! C'est le diable en personne !

Pierre essayait de se protéger, tandis que l'un des brigadiers empoignait les bras de Marcelle.

- Calmez-vous, Madame ! Vous, jeune homme, montez dans votre chambre ! Je viendrai vous y retrouver plus tard.

Pierre hésita. Il voulait connaître la vérité. Mais devant le ton autoritaire de l'homme de loi et l'attitude de Marcelle, il comprit qu'il ne pouvait qu'obéir.

Avant de sortir de la pièce, il lança un regard en direction de Guy. Ce dernier se tenait devant la cheminée presque éteinte, les bras ballants. Son visage était inexpressif et impassible, comme si toute cette histoire ne le concernait pas.

Quand Pierre arriva dans sa chambre, il regarda par la fenêtre et vit venir deux autres agents à vélo. Une foule commençait à s'amasser devant le bâtiment. Trépignant d'impatience et cherchant à s'occuper, il commença à rassembler ses affaires. Il savait qu'il ne pourrait plus rester ici.

A l'extérieur, le bruit d'un moteur éveilla son attention et l'attira à la fenêtre. Il vit une automobile au volant de laquelle, se tenait un homme d'un certain âge habillé élégamment. Puis, il l'aperçut pénétrer dans l'auberge. Qui pouvait-il bien être ? Il entrouvrit la fenêtre, espérant en voir davantage. Mais de sa chambre, il ne pouvait distinguer que les badauds amassés devant l'auberge.

Le temps lui sembla excessivement long. Il était dix heures à présent et rien ne bougeait. Il s'allongea sur son lit pour essayer de somnoler, quand il entendit le bruit des sabots d'un cheval sur le pavé.

Une longue carriole grise tirée par deux percherons, se frayait un chemin à travers la foule qui s'était intensifiée. Quand le véhicule tourna pour s'arrêter devant l'auberge, Pierre aperçut une croix rouge dessinée sur son côté. Il se pencha un peu pour mieux voir, en vain.

Dépité, il se jeta sur son lit. Une heure supplémentaire passa avant qu'il n'entendît des pas se diriger vers sa chambre. On frappa et, sans lui donner le temps de répondre, la porte s'ouvrit.

Le brigadier Bertaut apparut :

- Vous êtes libre, jeune homme ! Vous pouvez partir. Voici vos papiers !

- Mais ! Et la fille ?

- Le couple a tout avoué. Elle se nomme Paule. Elle est issue d'une première couche. Quand Guy Lascour a rencontré sa femme Marcelle, celle-ci vivait dans la rue avec sa fille. Il les a ramenées à Alençon. L'enfant avait alors cinq ans, mais personne ne devait connaître son existence, car elle était née hors mariage et d'un autre père. C'était la condition pour que

Marcelle puisse rester et devenir la femme de Guy. Voilà douze ans que cette pauvre jeune fille ne communique plus avec personne et qu'elle vit dans la cave.

- Mais, que va-t-elle devenir ?

- Le médecin s'est occupé d'elle. Il l'a transférée à l'hôpital afin de lui apprendre à se réadapter à la civilisation. Merci jeune homme. Grâce à vous, nous avons sauvé cette enfant et deux monstres dormiront en prison ce soir. Il faudrait que vous me suiviez à la brigade pour signer le procès-verbal. Nous vous donnerons une collation. Mes collègues et moi-même vous devons bien cela.

Vu l'étonnement du jeune homme, le brigadier lui tendit la main. Pierre s'empressa de la serrer, éprouvant une réelle fierté. Il accompagna le gendarme à l'extérieur. La voiture du médecin et la carriole avaient disparu et la foule s'était dispersée.

Pierre se dirigea vers la grange pour récupérer son vélo.

Caprice ou recherche du bonheur ?

Voilà près de cinq heures que Pierre était parti d'Alençon. Il n'était plus qu'à quelques kilomètres de Domfront, mais il n'en pouvait plus. Il était épuisé et la nuit était tombée. Il s'était permis de longues haltes. De nouveau, ses chevilles lui faisaient mal. La douleur, additionnée à la fatigue, lui minait le moral.

À bout de force, il frappa à la première ferme qu'il trouva pour demander une grange ou un endroit pour dormir. Une femme vint lui ouvrir.

Il lui demanda :

- Bonjour madame, je suis désolé de vous importuner. J'ai pédalé toute la journée et je suis épuisé. J'ai mal aux pieds, je ne peux plus marcher. Je sollicite juste l'autorisation de dormir dans votre grange cette nuit. Demain, je partirai.

La femme ne répliqua rien. Elle se contenta de fixer son regard sur les jambes de Pierre. Quelques secondes s'écoulèrent avant qu'elle ne décidât d'ouvrir la porte un peu plus en grand et de dire :

- Entrez, je vais vous servir un bol de soupe avant de vous conduire à la grange.

Puis, elle lui tourna le dos indiquant ainsi qu'il devait la suivre. Ils arrivèrent dans une cuisine sommairement meublée. Un vieux monsieur se tenait devant la cheminée, regardant une bûche se consumer dans l'âtre.

- Papa, ce jeune cycliste a des soucis avec ses pieds. Tu peux y regarder pendant que je lui sers un bol de soupe.

Le vieil homme tourna la tête vers Pierre et le dévisagea avec un regard si perçant, d'un bleu très clair, que le garçon en fut impressionné. Le grand-père devait avoir entre soixante-dix et quatre-vingts ans, mais, il avait une allure digne et se tenait bien droit sur son fauteuil.

La femme s'adressa à Pierre pendant que son père se levait :

- Mon père est un rebouteux. Dénudez vos pieds et mettez-vous sur le banc.

Pierre obéit. Il quitta ses chaussures et

allongea ses jambes à l'endroit indiqué. Le vieil homme vint s'installer près de lui. Il observa ses pieds longuement avant de les toucher.

Enfin, d'une voix claire, il annonça le verdict :

- Ce n'est rien mon garçon. Juste un problème circulatoire. Il te faudra penser à baisser la selle de ton vélo, si tu ne veux pas que cela se reproduise. Laisse-toi faire, je vais saisir tes chevilles dans mes mains. Ma fille va préparer un cataplasme d'avoine grillée. Tu le conserveras toute la nuit. Ainsi, demain, tu pourras poursuivre ta route.

- Merci, répondit Pierre, ne sachant trop quoi dire, devant tant de gentillesse. Combien vous dois-je ?

- Non, jeune homme ! Ce don m'a été transmis pour que je rende service à mes prochains et point pour que je m'enrichisse de leurs malheurs.

Le ton solennel mit un terme à la négociation. Le grand-père plaqua ses mains autour des chevilles de Pierre et inclina la tête. Il sembla au jeune garçon qu'il récitait quelque chose, sans émettre de son. Pendant ce temps, il vit la femme mettre l'avoine dans une poêle pour la faire griller.

L'odeur qui s'en dégagea était âcre et fort déplaisante. Pierre en fut gêné, car ce désagrément était de sa faute. Puis, la femme versa le contenu de la poêle dans deux petits sacs en toile qu'elle donna à son père.

Ce dernier enveloppa chaque cheville de ces pansements de fortune, qu'il fit tenir à l'aide de rubans.

- Voilà, mon garçon. Avale ta soupe maintenant et va te reposer dans la grange pour la nuit. Tu te déplaces loin ?

- À Andouillé-Neuville.

- Que vas-tu chercher là-bas, il n'y a rien ?

- Je vais sur la tombe de Saint-Nicolas. Vous connaissez ?

L'homme âgé fit signe que oui, mais n'émit aucun commentaire. Il se leva et retourna s'asseoir près du feu.

La femme apporta un bol de soupe, qu'elle posa sur la table devant Pierre. Celui-ci l'attrapa et le but à petites gorgées. Le liquide chaud lui fit du bien. Alors que Pierre avait presque achevé son bol, le vieillard rompit le silence :

- Tu n'es pas heureux petit ? Ce que tu vis ne te suffit pas ?

Surpris, Pierre manqua renverser son

récipient. Son regard se porta sur la femme qui continuait à s'affairer sans se préoccuper de lui. Puis, il se tourna vers le grand-père. Ce dernier lui tournait le dos, tout en observant le feu dans l'âtre.

Après réflexions, Pierre répondit :

- Disons que dans ma vie, beaucoup de choses ne me plaisent point.

- Si des choses te dérangent, tourne la tête de l'autre côté. Regarde tout simplement ailleurs et ne prends que le bien.

- Ce n'est pas si facile. Je demande juste à trouver le bonheur !

- Qu'est-ce que c'est le bonheur ? Un plus qui améliore ton quotidien ? Un moment où la souffrance et le mal-être sont absents ? Un moment de plaisir ? Tu sais, le bonheur n'est pas perpétuel !

Pierre ne répliqua rien, laissant l'homme continuer :

- Souffres-tu encore de tes pieds ?

- Beaucoup moins.

- N'est-ce pas un moment de bonheur par rapport à tout à l'heure ?

- Si, bien sûr ! Mais, je ne parle pas de ce bonheur-là. Il y a des choses me rendent triste.

- Nous avons tous des choses qui nous affligent, plus ou moins lourdes à porter. Si par moments, tu n'es pas heureux, dis-toi que le soleil brillera bientôt. Avec le temps, tu finiras par sourire à nouveau. Ainsi va le monde !

- Oui, mais moi, je sais quel serait mon bonheur. Je ne demande pas la lune. J'aimerais obtenir un travail dans une imprimerie et rencontrer une femme. Quand j'obtiendrai tout cela, je serais comblé.

- Est-ce que le bonheur est d'obtenir ce que l'on veut ? Ce que tu désires, n'est-ce pas plutôt un caprice ? Crois-tu que tu ne puisses pas être heureux en vivant autre chose ? Regarde autour de toi et profite de la joie que te donne la vie. Le bonheur se présente sous toutes les formes. Ce n'est pas nécessairement ce que l'on désire.

L'homme se tut, se leva et alla près de la porte. Il l'ouvrit, se tourna vers Pierre et dit :

- Bonne nuit mon garçon.

La porte se referma, laissant Pierre à ses réflexions. Ce dernier repoussa son bol devant lui. Après avoir remercié son hôtesse, il prit congé et se dirigea vers la grange.

Une fois dans la paille, il s'endormit très

rapidement jusqu'au lendemain.

Lorsqu'il se réveilla, il était déjà presque neuf heures. Il fut étonné d'avoir dormi comme un loir. Ses pieds ne le faisaient plus souffrir et ses chevilles étaient dégonflées. Heureux de cette guérison, il se dirigea vers la maison pour remercier ses bienfaiteurs. Il ne trouva personne dans la cuisine.

Il appela, en vain. Il entreposa les petits sacs de toile sur la table et sortit pour poursuivre sa route. Il claqua la porte derrière lui. Alors qu'il s'apprêtait à monter sur son vélo, une voix l'interpella. Il se retourna.

L'homme se tenait derrière lui :

- Comment vont tes pieds ce matin, mon garçon ?

- Oh ! Très bien, merci beaucoup monsieur.

- Veux-tu gagner quelques sous ?

- Vous avez du travail à me proposer ?

- Ma fille a pris du retard sur la fabrication des fromages frais. Te sens-tu capable de t'occuper des bêtes pendant qu'elle travaille à la fromagerie, ainsi que de m'aider aux champs ?

- Bien sûr, si vous me permettez de dormir dans la grange.

- Pas de souci. C'est juste une histoire de

quatre ou cinq jours. Quel est ton prix ?

- Deux francs par jour et je ne compte pas mes heures.

- Un franc et quatre-vingts centimes, et tu seras nourri !

- D'accord, ça me va.

- Appelle-moi André. Ma fille, c'est Agnès. Tu commences maintenant ! Pose ton vélo et suis-moi au champ derrière la maison. On va commencer par les choux de Bruxelles qu'il faut récolter. Il faudra aussi replanter des semis. Je vais te montrer.

- Moi c'est Pierre, répondit-il, en se débarrassant de son vélo.

La confession

Pierre travailla avec André jusqu'à la nuit. Le vieillard semblait infatigable malgré son âge. Bien qu'il soit d'aspect sec, il soulevait les cageots remplis de choux, sans laisser paraître aucune expression de souffrance sur son visage.

Ils travaillèrent au champ. La récolte leur prit la journée. Ils firent juste une brève pause pour casser la croûte le midi.

- Demain, on plantera les semis, nous n'avons plus le temps maintenant. Puis, je t'emmènerai au terrain de Bouquinés, pour planter les pommes de terre. Maintenant, va traire les vaches. Quand tu auras fini, tu nous rejoindras, ma fille et moi. Cela va être l'heure de la soupe ! ordonna André.

Pierre s'exécuta. Il n'osait pas avouer que son corps était meurtri par la manutention des cageots sur la charrette et par la position inconfortable pour récolter les choux.

Il essaya de dissimuler sa souffrance, mais le vieil homme remarqua immédiatement qu'il se déplaçait avec difficulté.

- Je vais te préparer une crème. Tu t'en enduiras le corps ce soir et demain tu n'auras plus mal. Allez, désormais, c'est l'heure de la traite. Les bêtes n'aiment pas être décalées.

Pierre le regarda s'éloigner. Bien qu'il arborât un air sévère, il sentait que l'homme possédait un cœur tendre. Pas une seule fois, il n'avait pesté ou émis une remarque, même lorsque Pierre s'était arrêté plusieurs fois pour souffler, ou lorsqu'il peinait à transporter les caisses, ce qu'il leur faisait perdre du temps. Non, il n'avait rien dit. Il faisait même mine de ne rien voir, d'être occupé.

Le travail de la traite terminé, il rejoignit Agnès et André dans la cuisine. La femme servit les deux hommes et elle continua à s'affairer à ses casseroles, pour préparer des conserves de choux. Pas une parole ne fut échangée. Pierre respecta le silence.

À la fin du repas, alors qu'il prenait congé de ses hôtes, André lui tendit un pot en terre. Il était rempli d'une substance qui ressemblait à de la graisse et une odeur âcre en émanait. Une fois dans la grange, Pierre enduisit son corps du produit, là où la douleur se faisait sentir.

Effectivement comme promis, le lendemain, il se leva sans aucune courbature, ce qui lui redonna une énergie débordante. Il demeura six jours à travailler à la ferme.

Seul, un événement sans gravité vint perturber le cours de la semaine. Pour rendre service, Pierre avait pris l'initiative de se servir des cailloux amassés dans la cour pour remonter un muret écroulé. C'est à ce moment, qu'apparut André, les yeux injectés de sang. Il était dans une colère noire. Il hurlait d'arrêter et de ne plus faire de choses sans son assentiment.

L'histoire fut rapidement oubliée et le travail continua.

Les journées se ressemblaient. André et Agnès ne lui parlaient pas plus. Les repas se passaient en silence sans que jamais la femme prît place avec eux. Pierre devait partir le lendemain matin. Il était serein car il avait amassé assez d'argent pour poursuivre son périple.

Cet ultime repas représentait pour lui une certaine libération. Ses hôtes étaient des personnes affables, mais il n'en pouvait plus de ce silence.

Pour ce dernier soir, il tenta d'engager la conversation :

- Je suis heureux d'avoir pu vous rendre service, à tous les deux.

- Tu peux faire mieux encore si tu le désires, répondit l'homme.

- Que voulez-vous dire ?

- Tu sais que ma fille a été mariée ?

- Heu, non ! répondit Pierre, ne sachant pas où voulait en venir le vieil homme.

Il se tourna vers Agnès. Imperturbable, elle continuait à s'affairer aux fourneaux. Il remarqua que, ce soir, elle avait enlevé son foulard. Ses cheveux, détachés, avaient un aspect soyeux. Ils étaient mi-longs avec des reflets roux. Elle était petite, mais elle avait un corps très fin et un physique plutôt agréable pour son âge. Elle devait approcher de la cinquantaine. Dans sa jeunesse, elle avait dû plaire aux hommes. Et ce soir, il apprenait que l'un d'entre eux avait été son mari. Que s'était-il passé ? Cela, expliquerait-il cet air taciturne ?

- Elle a été mariée pendant quinze ans à Albert, continua André, le regard fixé dans le vide devant lui. Elle a été une excellente épouse, lui passant tous ses caprices. Pour ce qui est des enfants, il répétait sans cesse "plus tard, on a le temps..." Et puis, un jour, il l'a abandonnée ! Comme un vulgaire vêtement que l'on ne veut plus porter ! Il a estimé qu'il en avait fini avec ma fille. Et voilà, il lui a tourné le dos, comme ça !

Il accompagna ses paroles d'un claquement de doigts. Pierre ne répondit pas, ne sachant quelle position adopter. Il se sentait gêné qu'on lui confie une telle intimité et aurait voulu fuir cette conversation.

Mais l'homme poursuivit :

- Ce vaurien est parti conter fleurette avec une autre. Il a cru trouver mieux, vivre autre chose. Il pensait que l'herbe était plus verte ailleurs. Il s'est enflammé et a quitté Agnès du jour au lendemain. Quand il s'est rendu compte, une fois la passion retombée, qu'il ne vivrait rien de mieux, il est revenu. Mais, mon Agnès, elle a sa fierté. C'est du sang des Brisson qui coule dans ses veines.

Le vieil homme se tut. Comme pour marquer la fin de la conversation, il se mit à sculpter un morceau de bois.

Pierre aperçut un geste furtif de la part d'Agnès. Il en était certain : elle venait d'essuyer discrètement une larme. C'était peut-être du sang des Brisson qui coulaient dans ses veines, mais sûr, qu'elle aurait bien aimé le garder son Albert. Elle lui aurait pardonné.

Il se rappela les paroles du curé du village de ses parents, le jour des noces de la cousine :

- Une alliance, c'est pour le pire et le meilleur. Et quand c'est le pire, il faut essayer de trouver le meilleur et avancer ainsi, main dans la main.

Pierre profita du silence pour s'éclipser. Il salua André et Agnès, puis se retira dans la grange. Enfin, il se sentait libéré.

Il ne comprenait pas pourquoi André lui avait raconté cette histoire.

Le drame

Le lendemain, après avoir préparé son baluchon, Pierre sortit de la grange en poussant son vélo. Il avait hâte de partir, pressé de remonter sur sa bicyclette et de poursuivre son voyage. Il ne voulait pas mener une vie triste et monotone, comme ces gens-là. Il aspirait à être encore plus heureux qu'il ne l'avait souhaité auparavant. Il appuya son vélo contre le tas de pierres, à l'origine de la colère d'André lorsqu'il avait tenté de reconstruire le mur. Il repensa à la scène et en sourit. Comment quelques cailloux entassés pouvaient-ils provoquer une telle fureur ?

Pensif, il fixa son regard sur l'objet de la discorde. Un bruit le fit sursauter. Il n'avait pas entendu André, arriver derrière lui.

Ce dernier lui dit d'une voix lugubre :

- Ne te retourne point mon garçon, et écoute.

Pierre obéit, ne comprenant pas où il voulait en venir. Il regrettait de ne pas être parti plus tôt et d'avoir traîné dans la cour.

- Je veux achever mon histoire d'hier soir. Je t'ai dit qu'Albert était revenu ? Il voulait qu'Agnès lui pardonne. Mais elle, elle ne s'est pas laissé faire. Elle lui a dit ce qu'elle pensait de lui. Mais, il ne voulait rien entendre. Il insistait. Et ma fille, mon enfant, ma chair, elle pleurait. Plus il parlait, plus elle pleurait, le suppliant de la laisser… Lui, il ne l'écoutait pas. Il insistait, refusant de la laisser tranquille. Alors la rage m'a pris. Il y avait une bêche contre le mur. J'ai vu rouge et je l'ai frappé, frappé et encore… Je ne voulais pas…

André s'effondra en larmes.

Pierre se retourna. Le vieil homme était à genoux, le visage enfoui dans ses mains, sanglotant. Agnès se tenait droite sur le perron, des larmes coulant doucement sur ses joues.

Elle fixa Pierre dans les yeux avant de lui dire :

- Sous le tas de pierres… C'est là que nous l'avons enterré. Mon père ne vit plus depuis ce jour-là. Il n'a pas le courage de se dénoncer. Il compte sur toi pour le faire. Va, pars ! Et dès que tu vois une gendarmerie, arrête-toi et raconte-leur l'histoire. Nous ne pouvons vivre davantage avec ce secret. Nous devons expier nos fautes, sinon, nous ne connaîtrons plus jamais la paix.

Éberlué, Pierre regardait tour à tour Agnès à André. Les mots lui manquaient. Tout ce qu'il désirait, c'était partir d'ici. Pourquoi lui avait-on raconté cette histoire ? Il aurait été si simple que l'homme aille se livrer sans le mêler à leur histoire. Que faire à présent ? Les dénoncer ?

Ces gens vivaient seuls, loin de tout, menant une vie simple. Mais que faire avec ce fardeau qu'il portait désormais, avec cette vérité. Comment pouvait-il se taire ? Il sentait la colère monter en lui. Il en voulait à André, il regrettait de l'avoir écouté.

- Comment avez-vous pu me faire ça ? Aviez-vous besoin de me mettre dans une telle situation ? Je ne vous ai rien demandé. Pourquoi vous servir des autres pour accomplir ce que vous n'avez pas le courage de faire vous-mêmes ? hurla-t-il, emporté par la rage de se sentir manipulé.

André releva la tête, bouche bée. Il ne s'était pas attendu à une telle réaction.

Pierre, toujours hors de lui, poursuivit :

- C'est vous et vous seul, qui irez à la gendarmerie vous livrer ! Et si vous ne le faites pas, ce ne sera plus mon problème. Affrontez seul votre conscience. Je pars sans me retourner, sans remords. À vous de décider ce que vous devez faire !

Dans un accès de colère, Pierre enfourcha son vélo et s'éloigna aussi vite que possible afin de mettre le plus de distance entre lui et ces gens qu'il trouvait dorénavant méprisables. Quelques kilomètres plus loin, il ralentit, tentant de réfléchir. Avec l'effort, la colère commençait à retomber. La décision fut prise de ne pas s'arrêter dans une gendarmerie. Maintenant que le secret avait été révélé, André n'avait plus d'autre choix que de se dénoncer lui-même.

Pierre en était convaincu. Si ce n'était pas aujourd'hui, le remords finirait par le ronger. Un jour ou l'autre, André serait contraint de se rendre. A cette idée, il se sentit mieux. Cette histoire ne le concernait pas. Il n'avait été que le spectateur, pas l'acteur.

En fin de journée, il arriva à Pontorson, où il fit halte pour la nuit.

Pontorson

En arrivant en ville, Pierre fut surpris de voir autant de membres de la haute société se promener dans les rues. De jolies dames, vêtues de leurs plus beaux atours, marchaient au bras de messieurs élégamment vêtus.

C'était une ville de villégiature, hautement prisée, où toute la bourgeoisie aimait se retrouver. C'était un lieu à la mode, où chacun venait respirer l'air iodé au bord de la mer. Pour ceux qui appréciaient se baigner, Avranches, située un peu plus haut, offrait une expérience agréable. C'était la cité idéale pour y passer quelques jours et se ressourcer.

Les plus modestes venaient aussi à Pontorson, mais pas dans le même but. Ils s'y rendaient pour prier et rendre hommage à Saint-Michel. C'est ce que Pierre apprit plus tard de sa logeuse.

En sortant de la gare, il suivit la route tout droit devant lui, prenant plaisir à observer ce beau monde radieux et détendu. On lui indiqua une auberge un peu plus loin, dans une rue sur la droite.

La patronne des lieux, une femme corpulente et joviale, l'accueillit et le conduisit dans une petite chambre exiguë où se trouvaient une table et un lit.

- Les gens viennent aussi ici en pèlerinage, avait-elle commencé, dans le dessein de se rendre au Mont-Saint-Michel.

- Il y a des montagnes ici ? demanda Pierre, incrédule.

Claude, l'aubergiste, éclata de rire, un rire qui redoubla, devant la mine déconfite de Pierre.

- Mon brave petit, bien sûr que non, il n'y a pas de montagnes ici. Ce que nous appelons le Mont-Saint-Michel est en fait un rocher, sur lequel a été bâtie une abbaye, à laquelle s'est adossé un village.

- Et qu'a-t-il de si extraordinaire ce rocher pour faire déplacer les gens de si loin ?

Méfiant, Pierre repensa à l'histoire de la pierre trouée, bien décidé à ne laisser personne d'autre se jouer de lui.

- C''est un évêque d'Avranches qui a fait construire ce sanctuaire, à la demande de l'archange Saint-Michel, il y a quelques siècles. On dit que l'archange a laissé l'empreinte de son doigt sur le front de l'évêque. Depuis, les gens viennent de toutes parts pour vénérer ce saint ! Les riches comme les moins fortunés. Tous ! Mais tu sais petit, rien que pour la beauté du lieu, ça vaut le détour.

- C'est loin d'ici ? demanda Pierre visiblement intéressé et baissant sa garde.

- Non, suis le canal qui passe derrière la pension et tu finiras vite par l'apercevoir.

- Alors, j'irai demain ! annonça Pierre, résolument décidé.

- Comme tu veux petit. Le dîner est prêt dans trente minutes.

Plus tard, il dîna à la table de l'hôtesse. Un couple, en voyage de noces se tenait à sa droite. Ils étaient radieux et semblaient très amoureux.

Pierre sympathisa immédiatement avec eux. Ils lui racontèrent leur voyage et lui, le sien. Bien sûr, il omit de nombreux détails gênants qui pourraient le mettre mal à l'aise et qu'il préférait oublier.

Ils rirent des anecdotes et terminèrent la soirée ensemble, dans le petit salon.

Un négociant en vins s'était joint à eux et les conversations allaient bon train. Pierre se sentait bien, cela lui réchauffait le cœur de rencontrer des gens fort agréables.

Mais il se faisait tard, et la fatigue commençait à se faire sentir.

Il prit congé et alla se coucher.

Le Mont-Saint-Michel

Le lendemain, curieux de voir ce fameux rocher, Pierre se leva aux aurores. Dès qu'il fut prêt, il enfourcha son vélo et suivit les indications de Claude. Il venait à peine de commencer à longer le canal, que le mont apparut à l'horizon. Il le voyait distinctement, alors qu'une dizaine de kilomètres le séparaient de cette merveille. Il comprit l'engouement des gens pour s'y rendre.

Majestueux, il était aussi gracieux par sa forme que par sa couleur.

Tout en roulant, Pierre ne pouvait détacher ses yeux du spectacle qui s'offrait à lui. Plusieurs automobiles et fiacres le doublèrent. Lui-même dépassa des gens, des familles entières qui se rendaient, comme lui au mont. Malgré le froid et l'heure matinale, une procession de dizaines de personnes commençait à se former.

Peu de temps après, Pierre se retrouva au pied du rocher. Il ne pouvait détacher son regard de cette merveille. Il fut tout aussi surpris de voir un tel fourmillement. Des voitures, par dizaines, étaient alignées. Autour de lui, s'étendait un désert de sable où gambadaient des enfants, non loin de leurs parents qui se promenaient. Claude lui avait expliqué que la mer isolait le rocher lors de fortes marées, ce qui n'était pas le cas ces jours-ci.

Il franchit la porte d'entrée de la ville. Comme d'autres, il dut laisser son vélo à l'extérieur, en voyant l'étroitesse des ruelles envahies par la foule. Tout le long des rues, des échoppes étalaient des victuailles ou toutes sortes d'objets rappelant Saint-Michel. De nombreux artisans proposaient leurs œuvres : des peintures, des sculptures… L'activité était intense.

Emporté par la foule, Pierre eut beaucoup de mal à atteindre l'Abbaye qui se trouvait au sommet du rocher. La messe allait commencer et les badauds essayaient de s'entasser dans la nef.

Le jeune homme se sentait écrasé, chacun voulant une place. Il réussit à se dégager sur la droite, derrière un banc où avaient pris place quatre femmes âgées. La cérémonie ne tarda pas à commencer et, malgré la foule, le silence se fit immédiatement.

Le prêtre se racla la gorge et commença :

- L'ami aime en tout temps et, dans le malheur, il se montre, un frère.

Le prêche continua sur le même thème, puis sur celui de la famille. Pierre pensa très fort à ses parents et en eut les larmes aux yeux. Cela faisait fort longtemps qu'il ne les avait pas vus. Il entonna ensuite les chants et ne contint plus ses larmes. À la fin de la messe, il se leva et se joignit à la procession. Tous voulaient être bénis par le prêtre. Pierre aussi. Ce lieu était prodigieux !

Quand il sortit de la basilique, il s'installa sur un muret pour observer l'étendue de sable qui n'en finissait pas. Il se sentait si léger, qu'il resta ainsi près d'une heure. Ce fut pour lui un moment de plénitude et de béatitude. Plus motivé que jamais, il rentra à la pension pour sa dernière nuit.

Demain, son voyage continuait.

Bazouges-la-Pérouse

Ce joli petit village plut immédiatement à Pierre. Il repéra un café où se déroulait une conversation très animée entre deux fermiers, chacun vantant ses vaches, qui, pour l'un comme pour l'autre, étaient les plus belles bêtes de la région. N'arrivant pas à se mettre d'accord, le ton commençait à monter.

Pierre s'installa dans la seconde salle pour être tranquille et ne pas assister à la dispute.

Il commanda un verre de vin et à manger. Quelqu'un, dans l'une des pièces attenantes, jouait du piano. C'était l'enfant de la maison, qui prenait son cours de musique. Il se laissa emporter par la mélodie, dégustant son verre et son assiette.

Un homme, de petite taille et très bien habillé, s'installa à la table voisine. Ils se saluèrent.

- C'est beaucoup plus calme ici que dans la première salle ! engagea l'homme. En plus, nous avons droit à une mélodie sublime au piano.

- En effet, répondit Pierre poliment.

L'homme lui tendit la main, tout en lui disant :

- Je m'appelle Jean. Je ne vous ai jamais vu ici auparavant ! Je viens fréquemment, vous savez.

Pierre lui serra la main et se présenta, avant d'ajouter :

- Effectivement, je suis de passage. Vous vivez ici ?

- Non, j'habite Rennes. J'arrive de quelques jours de repos, au bord de la mer. Un rituel, sur les conseils de mon médecin. Problème d'asthme. Vous connaissez Rennes ?

- Nullement. J'arrive de Paris. Je me rends à Andouillé-Neuville.

- Mais, je connais très bien. J'y suis allé pour me rendre sur la tombe de Saint-Léonard. Vous y allez aussi pour cela ?

Pierre hésita, craignant de se ridiculiser encore une fois :

- Oui. Mais vous y croyez à cette histoire ?

- Bien sûr que j'y crois. J'ai même vécu quelque chose d'incroyable.

- C'est vrai ? Que s'est-il passé ?

- C'était il y a bien longtemps, jeune homme. Sûr que vous n'étiez pas né. Mais je ne veux pas vous ennuyer avec mes péripéties.

- Au contraire. J'ai réellement envie de savoir. Je vous offre un verre ?

- Merci, je veux bien un godet de cidre. Cette boisson, c'est mon péché mignon !

Pierre acquiesça. Dix minutes plus tard, les deux hommes se retrouvaient à déjeuner ensemble, comme de bons vieux amis.

Jean commença à raconter son histoire.

L'histoire de Jean

À cette époque, Jean était encore un tout jeune homme, guère plus vieux que Pierre. Son père, Marcel, venait de décéder lors d'un accident de chasse. Quant à sa mère, elle était morte en le mettant au monde. Il hérita d'une petite fortune et de la maison familiale, bien entendu. Il reçut aussi une demeure modeste située à Brighton, dont il ignorait jusqu'alors l'existence. Son père s'étant tu au sujet de cette maison, de son vivant, intrigua Jean qui se renseigna sur ce bien.

C'était un cottage sans prétention mais avec beaucoup de charme, tout à fait typique de la campagne anglaise. Cette bâtisse avait appartenu à Louise, la grand-mère paternelle de Jean. Jamais quiconque ne lui avait parlé de cette aïeule.

C'était une femme malfaisante, tant avec les

siens qu'avec les habitants du village. Elle vivait recluse dans sa maison, les volets constamment fermés.

Elle ne rendait visite à personne et jamais personne ne venait la voir. Son mari était mort, alors qu'elle était enceinte de Marcel, le père de Jean.

À sa naissance, elle confia l'enfant à sa sœur Augustine qui vivait en France et qui l'éleva comme son propre fils. Marcel ne connut jamais sa mère, qui avait donné pour consigne de ne la contacter en aucun cas.

Nul ne sut à quoi Louise employait ses journées.

Issue d'une famille riche, elle n'avait pas besoin de travailler pour subsister. De plus, elle ne dépensait pas d'argent. Elle vivait de son potager, de ses poules, lapins et cochons. Jamais personne ne la croisait dans les rues de Brighton ou dans les magasins.

Elle était extrêmement âgée lorsqu'elle mourut, seule.

La maison revint alors à son unique héritier, son fils Marcel. Augustine, sa sœur, décéda une année après Louise. Elle lui confia le secret de sa mère et du cottage, sur son lit de mort.

Les anciens de Brighton racontaient que Marcel s'y était rendu une fois. Il était resté une journée et une nuit, pour ne plus jamais revenir. Il n'en parla à personne et en dissimula l'existence à son fils Jean.

Lorsque Jean hérita à son tour du cottage, la curiosité l'emporta et il décida d'y aller séjourner.

Il interrogea les voisins et les villageois.

Ils lui racontèrent qu'à la mort de Louise, jamais personne n'avait trouvé son magot.

Cela suscita davantage son intérêt et il décida de profiter de ces quelques jours à Brighton pour fouiller la maison.

Quand il pénétra dans la demeure, il constata que rien n'avait certainement bougé depuis le décès de Louise. L'intérieur était celui d'une vieille femme. Même le rocking-chair semblait l'attendre, avec un châle en crochet posé sur le dossier. Il y avait encore une assiette et des couverts sur la table, comme si elle allait rentrer du jardin.

Cette idée lui fit froid dans le dos et lui donna la chair de poule. Jean hésita un moment entre enlever toute trace de vie d'antan, ou entamer ses recherches pour trouver l'argent.

En définitive, la seconde idée l'emporta.

Il commença par l'armoire de la chambre, entre les piles de draps, puis sous le matelas. Il employa la journée à fouiller la maison sans rien trouver, pas la moindre pièce. Même les pots de farine, sucre et riz passèrent au crible sans aucun résultat, si ce n'est qu'ils fourmillaient de vers. Il inspecta ensuite tous les murs dans l'espoir de découvrir une cache derrière une pierre.

Toujours rien !

Il commençait à se faire tard. La faim et la fatigue se faisaient sentir. Il décida alors d'attendre le lendemain, pour poursuivre ses investigations dans le jardin et la remise.

Mais la nuit ne se passa pas comme il l'avait prévue. Contrairement à ce qu'il pensait, elle fut loin d'être paisible et reposante. Il avait opté pour la seconde chambre, ne pouvant dormir dans le lit de Louise, se demandant s'il elle n'y était pas morte. Il avait pris soin de verrouiller sa porte, loin de se sentir rassuré pour autant.

Après avoir aussi vérifié que la fenêtre était bien fermée, il s'allongea sur le lit. Il ne prit pas la peine de se déshabiller, ni de souffler la lampe à pétrole. Sans savoir pourquoi, il n'arrivait pas à se tranquilliser et ne souhaitait donc pas se retrouver dans l'obscurité. Il pensait à Louise et à toute la méchanceté dont elle avait fait preuve. Cela suffisait à lui faire peur.

Il avait à peine fermé les yeux, qu'un bruit assez fort se fit entendre. Ce dernier semblait provenir de la cuisine. Jean se leva d'un bond. Il fixa la porte du regard. Il lui avait semblé percevoir un son de l'autre côté, comme des pas discrets sur le plancher. Une chouette hulula dehors, le faisant sursauter à nouveau.

- Il y a quelqu'un ? finit-il par crier.

Pas un bruit ! Le silence fut le seul écho. Il renouvela la question qui n'eut pas plus de réponse que la première fois. Son cœur lui martelait la poitrine. Tous ses membres tremblaient.

Il essaya de se maîtriser :

- *Il y a certainement une explication !* se dit-il intérieurement, pour se rassurer. *La maison est vétuste. Le plancher fait du bruit en se dilatant. C'est connu ! Et le bruit tout à l'heure, cela venait de la cuisine. Ce devait être une casserole en cuivre qui était mal accrochée au mur.*

Il essayait de se convaincre mais il n'arrivait pas pour autant, à sortir de la chambre. Il examina sa lampe. Il y avait assez de pétrole pour tenir jusqu'au matin. Par précaution, il attrapa une chaise qu'il coinça sous la poignée de la porte. Il se recoucha essayant de garder les yeux ouverts, mais le sommeil l'emporta et il s'endormit très vite.

Avec l'arrivée du jour, toutes les angoisses disparurent. Quand il se réveilla, il se moqua de son attitude durant la nuit. Il était vrai qu'une fois le soleil levé, la maison présentait un tout autre aspect. Le cottage était même plutôt agréable. Bien sûr, la décoration et le mobilier étaient à revoir. Malgré cela, il avait un intérieur chaud et coquet.

Quand il aperçut la chaise qui barrait la porte, Jean se mit à rire :

- *Jean, tu es ridicule* ! se moqua-t-il.

Son estomac criait famine et il avait hâte d'avaler un bon petit déjeuner avec du pain délicieux, celui qu'il avait acheté la veille chez le boulanger.

Lorsqu'il arriva dans la cuisine, il découvrit une gamelle renversée sur le sol. Il la ramassa pour la remettre à son emplacement, sur le mur.

Effectivement, elle avait dû être mal accrochée.

Il alla faire sa toilette au puits qui se situait au fond de la cour, mangea rapidement et commença les recherches dans le jardin.

Les ronces l'avaient envahi. A en distinguer l'épaisseur de leur bois, personne n'avait dû venir gratter ici depuis des années.

Il décida en conséquence de retourner la terre à divers endroits, sans pour autant déceler quoi que ce soit.

La journée se termina comme la précédente, sans aucune piste. Il avait tout retourné et fouillé. Il se sentait complètement abattu, le moral en berne. Il n'avait plus rien à espérer. Il ne lui restait plus qu'à rentrer à Rennes. Plus tard, il reviendrait pour aménager la maison à son goût. Cela lui servirait de petite résidence paisible pour y passer quelques jours en été.

Déçu de ne rien avoir trouvé, il décida de repartir par le train dès le lendemain. Épuisé, il se coucha tôt. Le jour tombait à peine.

L'atmosphère n'était pas aussi oppressante que la veille et il n'avait pris aucune précaution avec la porte.

Il le regretta très vite car un bruit de pas dans le couloir l'alerta.

- Qui va là ? cria Jean.

Pour toute réponse, il n'entendit que le battement de son cœur.

Il s'empressa d'allumer la lampe qu'il rapprocha de la porte. Au même moment, il vit la poignée tourner. Il était tétanisé.

- Attention, je suis armé ! tenta-t-il.

Cela fit son effet, car la poignée cessa de tourner. Il en profita pour attraper la chaise et la coincer contre la porte, sans omettre de donner un tour de clé.

Il entendit une porte claquer, peut-être celle de la cave, puis un rire épouvantable de femme, allant decrescendo. La peur cloua Jean au mur opposé à l'entrée de sa chambre. Il n'osait plus bouger, ni à peine respirer.

Était-ce le fantôme de Louise ? Serait-ce la raison pour laquelle son père avait tu l'existence de cette maison ? Parce qu'elle était hantée par le fantôme de sa mère ?

Il s'arma d'une bûche qui traînait dans la cheminée et demeura le reste de la nuit à veiller.

Une fois encore, la peur s'évanouit avec le jour. Mais, il était hors de question de séjourner plus longtemps dans ce cottage.

Il était maudit, il le sentait bien ! Plus jamais, il ne reviendrait ici !

Sans même déjeuner, il prépara sa valise rapidement et sortit au plus vite de la maison. Une fois à l'extérieur, il inspira une bonne bouffée d'air frais et souffla de soulagement. Il emprunta la direction du village, car il voulait attraper l'omnibus du matin qui le conduirait à la gare.

Il était extrêmement tôt et Jean avait encore du temps devant lui. Il en profita pour se détendre devant un petit-déjeuner, à la pension du village.

- Vous êtes descendu chez la Louise ? s'enquit la patronne.

Surpris qu'elle sache sa provenance, Jean ne répondit pas aussitôt.

Elle continua :

- Ici, tout se sait. Il s'y passe de drôles de choses dans la maison de Louise, vous savez ?

- C'est-à-dire ? s'empressa de demander Jean, qui voulait en savoir plus.

- On dit qu'elle revient hanter sa demeure. Elle était si mauvaise que, même morte, elle continue à faire le mal. Et puis, avec cette méchanceté, ils n'en ont pas voulu là-haut !

- Vous exagérez !

- Il y a des quantités de gens qui pourraient témoigner. Demandez à Jack et John Downson. Les deux frères demeurent dans la dernière maison à la sortie sud. Ils ont voulu braconner le lapin dans le petit bois situé derrière chez Louise. Ils ont aperçu son fantôme à la fenêtre de la chambre. Elle les fixait avec des yeux injectés de lumière. C'était Satan en personne. Ils n'ont pas demandé leur reste et ont fui. Après, il y en a eu d'autres qui ont essayé de trouver son magot. Tout ce qu'ils ont trouvé, ce sont des portes qui claquent et des hurlements horribles. La Louise, elle veut que personne ne lui prenne son argent. Même à trépas, elle veillera toujours ! On raconte même qu'elle en a jeté dans le puits, au fond de son jardin.

Jean éprouva un frisson en entendant le récit. Il venait de séjourner deux nuits dans cette maison sans imaginer le pire. Il commanda un whisky.

- Si tôt ! s'exclama la femme, abasourdie.

- Certes, j'en ai besoin !

Elle s'exécuta, tout en lui adressant un sourire complice.

La solution

Plus tard, lorsque Jean arriva à Rennes, il mit plusieurs jours à se remettre de ses émotions. Pendant plusieurs nuits, il dormit avec la lumière allumée.

Les mois passèrent, ses finances baissaient. Les revenus de son travail d'architecte ne suffisaient plus pour entretenir la demeure familiale. Il dut licencier son personnel de maison, composé d'une femme de ménage, d'une cuisinière et d'un jardinier. Il ne pouvait se résoudre à vendre sa résidence. Malheureusement, c'était l'unique solution.

Il en parla à un ami, Alfred, qui le mit en relation avec un éventuel acquéreur. Ils se donnèrent rendez-vous la semaine suivante.

Monsieur Danfran qui était intéressé par l'acquisition de la maison, vint ainsi avec Alfred

Neuilly. Ils firent le tour du propriétaire. L'emplacement de la résidence, dans le centre de Rennes, et la beauté de son parc plurent à l'acheteur potentiel.

Monsieur Danfran hésita quant à la grandeur du salon : il lui semblait trop petit pour recevoir la haute société, à l'occasion de somptueuses réceptions qu'il organisait.

À l'issue de la visite, Jean invita ses hôtes à boire un cognac. Il en profita, en tant qu'architecte, pour donner quelques conseils à Monsieur Danfran sur l'agrandissement possible du salon.

Celui-ci fut enchanté par les suggestions et indiqua à Jean qu'il lui fournirait une réponse sous huit jours.

Puis, ils continuèrent à parler de maisons.

Monsieur Danfran avoua qu'il possédait un cottage en Cornouailles anglaises, mais ses affaires sur Rennes l'empêchaient d'en profiter, à son grand regret. Jean pensa à la maison de sa grand-mère. Le troisième cognac commençait à lui échauffer l'esprit. Il se laissa aller.

Il raconta l'histoire de la propriété de Louise, où personne n'avait jamais trouvé l'argent qu'elle avait caché.

Il omit de parler des événements qu'il y avait vécus, ni du fait que les habitants de Brighton considéraient la demeure comme hantée.

- Pourquoi n'allez-vous pas sur la tombe de Saint-Léonard ? demanda monsieur Danfran.

- Qui est Saint-Léonard ? interrogea Jean, intrigué.

- Sa tombe se trouve à Andouillé-Neuville. Quiconque y va émettre un souhait, Saint-Léonard le réalise !

Jean et son ami Alfred étaient interloqués. Ils fixèrent l'homme quelques secondes, se demandant s'il plaisantait. Son air solennel en disait assez pour le croire. Jean ne sut quoi répondre. Comment un homme brillant, et qui plus est fortuné, pouvait-il croire à une telle légende ?

Si formuler un vœu sur une tombe avait suffi pour qu'il se réalisât, cela se saurait. Il fit part de ses doutes à son hôte, en y mettant toutes les formes pour ne pas le vexer.

Ce dernier rétorqua aussitôt :

- Vous faites comme vous voulez ! Je ne vous oblige en rien.

Il se leva pour prendre congé. Le sujet était clos. Alfred en fit autant et le suivit vers la sortie.

Jean ne dormit pas de la nuit. Dès que ses yeux s'ouvraient, il pensait à ce que lui avait appris Monsieur Danfran sur Saint-Léonard.

Après tout, qu'avait-il à perdre d'aller à Andouillé-Neuville ?

Ce n'était pas loin, il avait regardé sur une carte. Seulement vingt-cinq kilomètres les séparaient. Son emploi du temps le lui permettait.

Il pourrait y aller avec l'omnibus. Cela serait beaucoup moins fatigant que de conduire le fiacre.

Il trouverait une auberge pour dormir là-bas et reviendrait le lendemain.

Jean examina l'heure. Il était six heures et il n'avait plus du tout sommeil.

Décidé, il se leva et se prépara.

Andouillé-Neuville

Quand l'omnibus le déposa devant l'unique auberge du village, l'après-midi était déjà bien avancée. À cette période de l'année, la nuit tombait aux alentours de vingt-et-une heures, ce qui lui laissait le temps d'aller sur la tombe.

Il demanda la direction à l'aubergiste, avant de s'y rendre. Il lui fallut bien une heure de marche pour localiser l'endroit.

Quand il fut sur les lieux, il émit le vœu de trouver l'argent de Louise. Il demanda aussi que cette dernière passe du côté des morts pour ne plus venir hanter la maison. Il prit soin de remercier Saint-Léonard en y déposant une obole, puis redescendit au village.

Les jours passèrent sans que Jean ait le courage de retourner à Brighton.

Il était tiraillé entre l'envie de croire la légende de Saint-Léonard et la peur de revivre à nouveau une nuit mouvementée dans la maison de Louise. C'est son ami Alfred qui le décida en lui proposant de l'accompagner, ce qui soulagea le pauvre homme.

Le départ fut prévu pour le week-end suivant, en train, puis en bateau. Quand ils arrivèrent sur place, la nuit était déjà tombée et ils durent s'installer à la lueur de la lampe à pétrole. Rien n'avait bougé depuis la dernière visite de Jean et la maison semblait calme.

Ils allèrent dîner dans un pub proche. Après avoir ingurgité quelques pintes de bière, ils rentrèrent se coucher, ivres. La nuit se passa sans problème. Jean dormit d'une traite jusqu'au matin. Lorsqu'il se réveilla, il fut lui-même surpris d'avoir passé une nuit paisible. Sans doute, était-ce le fait de ne pas être seul... Ou alors ?...

- *Non ! Cela ne prouve rien*, se dit-il à lui-même. *Avec tout ce que nous avons bu hier soir, je ne pouvais que dormir comme une souche. La maison aurait pu s'effondrer que cela ne m'aurait pas réveillé.*

Il descendit à la cuisine où il retrouva Alfred devant un thé. Ce dernier l'accueillit avec un immense sourire.

- J'ai dormi comme un loir ! J'adore la campagne, c'est si tranquille ! Dis-moi, cette Louise, elle aimait les animaux ?

- Pas que je sache, répliqua Jean, étonné par la question. Pourquoi ?

- Ce matin, je suis sorti dans le jardin. Et sous des ronces, tout au fond, j'ai aperçu une petite croix. J'ai regardé de plus près et j'en ai aperçu deux autres, où il était noté « à mon chien » et « à mon chat » !

- Trois tombes, tu me dis ! Cela m'étonne, elle n'appréciait déjà pas les gens ! Ou alors c'est elle qui les a tués par plaisir. Je ne serais pas étonné. Mais attends !... Tu peux me les montrer ?

- Assurément, je finis mon thé et je t'y conduis.

Dix minutes plus tard, les deux hommes se trouvaient devant un amas de ronces. Ils regardèrent tout autour. Sur la droite, un passage étroit permettait de s'avancer un peu dans cet amoncellement de piquants.

Effectivement, lorsque Jean s'y engagea, il aperçut trois petits monticules de terre. Le voyant s'agiter de joie, Alfred commença à éprouver une certaine excitation.

- Tu crois que… ? commença-t-il à dire, sans pouvoir achever sa phrase, interrompu par son ami.

- Attrapons des outils dans la remise !

Ensemble, ils cherchèrent une faux et d'autres outils nécessaires pour déblayer le passage jusqu'aux petites sépultures.

Pris de frénésie et comme des forcenés, ils taillèrent l'énorme bosquet de ronces pendant plus de deux heures. Enfin, ils réussirent à atteindre les tombes des buissons. Elles étaient minuscules.

Apparemment, c'étaient celles de deux chats et d'un chien. Sans plus attendre, Jean mit le premier coup de pelle. Il n'eut pas à creuser très profond avant de buter sur quelque chose de métallique. Il regarda Alfred.

Son visage était couvert de terre et de sueur. Les deux amis se mirent à genoux et continuèrent à creuser avec les mains. Ils finirent par sortir une caissette en fer. Jean la prit pour la poser devant lui. Il la dépoussiéra. Il n'y avait aucune inscription. Alfred, aussi fébrile que lui, s'installa debout derrière lui pour mieux voir. On aurait presque cru entendre un roulement de tambour lorsque, de ses deux mains tremblantes, Jean ouvrit le contenant.

Dans une pochette en cuir, ils découvrirent un paquet d'enveloppes enrubanné par une ficelle. Elles étaient toutes adressées à Louise.

Sa sœur Augustine en était l'expéditrice. À l'intérieur de chacune, il y avait une photo de Marcel à chaque âge avec un petit mot au dos.

Jean fut décontenancé de découvrir son père, enfant.

Il en saisit une au hasard et la mit dans la poche secrète de son gilet, puis il remit le tout en place. Il sortit ensuite, deux misérables sacs en velours.

À l'intérieur du premier, il trouva une gourmette gravée du prénom de son père.

Dans le second, un gobelet et une cuillère en argent. Comme pour la photo, il enfouit la gourmette dans sa poche.

Alfred n'exprimait rien. Il observait son ami, en train de poser les sacs dans la boîte avant de creuser la seconde tombe. Le visage de Jean était devenu sérieux. Toute trace d'excitation avait disparu.

Il creusait calmement. Son ami l'aida en s'attaquant à la troisième sépulture avec une pioche. Bientôt, ils sortirent deux autres caissettes plus volumineuses que la précédente.

Quel ne fut pas leur émerveillement quand ils les ouvrirent ! Cela dépassait toutes leurs espérances.

Jean avait retrouvé la frénésie du début. Il hurla de joie à la vue des pièces d'or.

Fini les problèmes d'argent ! Il y en avait assez pour tenir des années et investir !

Il rétribua Alfred pour son aide et ils allèrent tous les deux fêter cela au village.

Ils rentrèrent tard ce soir-là, éméchés, mais heureux. Ils passèrent une dernière nuit dans la demeure de Louise avant de repartir pour Rennes le lendemain.

Rien ne vint perturber leur sommeil.

La décision

Quand Jean acheva son histoire, Pierre resta sans voix et pensif. Il réfléchissait et analysait les propos du narrateur. Il ne voulait pas se faire rouler une nouvelle fois et passer pour un idiot.

Il avala une gorgée et finit par demander :

- Il ne s'est plus jamais rien passé d'anormal dans la maison ?

- J'ai dû y retourner deux ou trois fois les années suivantes, sans qu'il arrive quoi que ce soit. Puis, n'y allant que très peu, j'ai fini par la vendre à des amis. Ils sont toujours ravis de leur acquisition et m'ont même invité à plusieurs reprises.

- Et vous croyez que c'est grâce à Saint-Léonard ?

- Je n'en sais absolument rien, mais je veux bien le croire. Cela m'a porté chance. Et ce serait une drôle de coïncidence, vous ne trouvez pas ? En tout cas, je suis retourné sur sa tombe pour le remercier, que ce soit grâce à lui ou non. Moi, j'y ai cru et cela a fonctionné !

Un immense sourire se dessina sur le visage de Pierre. Il fixa Jean dans les yeux, avant de lui dire :

- Je vous remercie de m'avoir raconté votre histoire. Je suis parti avec un but. Alors je continue. Merci ! Sincèrement, merci !

Pierre empoigna la main de Jean et prit congé.

Heureux, ce soir-là, il se coucha le cœur léger. Il était certain qu'il avait eu raison d'entreprendre ce voyage.

Si le destin avait mis Jean sur sa route, ce n'était pas fortuitement, il en était sûr.

Aucun doute, il devait continuer.

La tombe de Saint-Léonard

Il était encore très tôt. Pierre sillonnait la campagne, qui lui semblait sans fin.

Il ne rencontra aucune route sur son trajet, seulement des chemins à travers bois.

En suivant les indications des rares paysans qu'il croisait, il finit par arriver dans une immense forêt. La tombe de Saint-Léonard ne devait plus être loin, mais tout avait l'air si dense et si semblable d'un endroit à un autre. Il marcha en poussant son vélo, s'enfonça dans la forêt, revint sur ses pas, continua plus loin…

Épuisé, il s'arrêta et se laissa tomber sur une souche. Cela faisait des heures qu'il errait. Il se prit le visage entre les mains.

Il était si près du but, et pourtant il allait devoir abandonner. Jamais personne ne passerait par là pour le guider. Et s'il s'enfonçait davantage dans cette forêt immense, il risquait fort de se perdre.

Il se sentait usé, fatigué, mais surtout profondément déçu et si triste. A un point tel qu'il avait envie de hurler et de pleurer.

- Eh ! Mon garçon ! Vous ne vous sentez pas bien ?

Pierre se leva d'un bond.

- Oh, je suis désolée, je ne voulais pas vous effrayer, poursuivit la voix.

Le jeune homme mit quelques secondes à recouvrer ses esprits. Une femme âgée s'adressait à lui. Elle semblait surgir de nulle part. Petite, maigre et voûtée, ses yeux gris dévisageaient Pierre. Il émanait d'elle une telle douceur, qu'il lui répondit d'une voix posée :

- Je ne vous ai pas entendue arriver. Vous n'y êtes pour rien. Mais peut-être que vous pourriez m'aider. Je crois que je me suis égaré. Je cherche la tombe de Saint-Léonard.

- Vous y êtes presque. Empruntez le chemin derrière moi et vous la trouverez. J'en arrive, c'est à peine à cent pas.

- Ah, vous en venez ?

- Oui, je m'y rends chaque année, à la date anniversaire de l'accident de mon unique fils. Sa charrette s'est renversée dans un ravin. Il s'en est tiré miraculeusement après une chute de huit mètres. Il y a fort longtemps, j'avais demandé à Saint-Léonard de veiller lui et il l'a fait ! Alors maintenant, en échange, je lui ai promis de venir prier pour lui et son repos, chaque année.

- Mais je ne peux pas garantir cela !

- Ne vous inquiétez pas mon garçon, son aide est gracieuse. Il n'exige rien. Vous le remercierez comme vous le voudrez et le pourrez. Mais il se fait tard, maintenant je dois y aller. Mon mari n'aime pas attendre sa soupe.

Pierre s'écarta pour la laisser passer et la regarda s'éloigner. Elle avançait difficilement, l'un de ses pieds traînant légèrement. Pourtant, elle n'hésitait pas à parcourir des kilomètres pour venir prier pour l'âme de Saint-Léonard.

Lorsqu'elle eut disparu de son champ de vision, il ramassa son sac. Ragaillardi, il se mit en route dans la direction indiquée par la vieille femme. Il n'avait parcouru que quelques mètres quand il aperçut des fleurs à l'entrée d'un sentier, sur sa droite. Son cœur battait à tout rompre. Enfin, il touchait au but ! Ses mains tremblaient d'émotion. Comme lors d'une procession, il avança pas à pas et observa : un passage au milieu des arbres, des dizaines de bouquets, des ex-voto gravés toujours du même mot « merci ». Des dons de toutes sortes, bijoux, nœuds en tissu ou autres objets de tous genres, ornaient le parterre et les troncs d'arbre. Cela formait une allée d'une vingtaine de mètres, menant à une tombe recouverte de fleurs. Dans cette forêt dense, au milieu de nulle part, ce sanctuaire mettait Pierre presque mal à l'aise. Il n'osait plus bouger, ne se sentant étranger à cet endroit. L'atmosphère y était particulière, empreinte de respect. Tous ces vœux inscrits sur de multiples supports, témoins de tant de détresse et représentant comme un appel à une main secourable !

Il y avait aussi des dizaines de remerciements. On demandait à Saint-Léonard, des choses simples mais essentielles, comme du travail, une meilleure santé ou le retour d'un proche. Tout cela, Pierre le possédait déjà. Il n'avait jamais manqué de travail, jouissait d'une bonne santé, et avait la chance d'avoir ses parents encore en vie, une famille bien présente et aimante.

Sa demande était-elle exagérée ? Il hésitait, incapable de prononcer un mot. Il se contentait d'observer les lieux. Le lieu l'effrayait un peu. Il fit le tour de la tombe, s'éloigna, puis revint sur ses pas avant de s'adresser à Saint-Léonard à voix haute :

- Saint-Léonard, j'aimerais connaître le bonheur et trouver le travail qui me plaît. Je voudrais aussi rencontrer une femme avec qui je serai heureux.

Il hésita, et ajouta finalement :

- Merci !

Fouillant dans ses poches, il attrapa la pièce brillante qu'il avait trouvée à Paris, le jour de son départ et la déposa sur la tombe.

- Voici mon offrande ! murmura-t-il.

Il hésita, partagé entre l'envie de rester un peu plus longtemps et celle de quitter cet endroit qui le troublait. D'un pas nonchalant, il s'éloigna.

Une sensation étrange, comme l'impression de partir trop vite, ou peut-être autre chose, le mettait mal à l'aise. Il ne savait pas exactement quoi.

Il se retourna une dernière fois et jeta un ultime regard à toutes ces offrandes, à ces prières, et adressa une dernière pensée à Saint-Léonard.

La réalité

« *Chaque matin, quand tu te lèves, tu ne sais pas si tu connaîtras le jour suivant. Alors, vis ce jour comme si c'était le dernier* ».

Pierre découvrit ces inscriptions sur une pierre, non loin de la tombe de Saint-Léonard. Ces quelques mots lui firent froid dans le dos et il se dit à lui-même :

- *Bon sang, celui qui a gravé cette phrase devait être bien malheureux ! Comment peut-on penser que chaque jour pourrait être le dernier ? Je préfère croire à une longue vie !*

Il jeta un dernier regard à la tombe de celui qui, peut-être, allait transformer son destin. Il avait formulé son vœu, et il était maintenant temps de partir, de retourner à Paris avec l'espoir d'une vie meilleure.

Mais combien de temps devrait-il attendre avant de constater les premiers changements ?

Et le bonheur, à quoi allait-il ressembler ? Travailler dans une imprimerie ? C'était son rêve ! Néanmoins, personne ne voulait de lui. Mais alors, pourquoi ne pas fonder sa propre imprimerie avec ses économies ? Une petite entreprise, modeste au départ, en fonction de ses moyens.

Pourquoi pas une imprimerie spécialisée dans le papier à lettres de correspondance pour ces dames ? Il avait tant d'idées !

Mais pour le moment, il ne possédait rien !

Puis, le doute commença à l'envahir Et si cette histoire de Saint-Léonard n'était que des balivernes.

Comment un simple vœu fait sur une tombe, pouvait-il transformer le cours de sa vie ? Aurait-il parcouru tout ce chemin pour rien ? N'était-ce pas absurde d'avoir ajouté foi à une légende populaire ?

Maintenant qu'il avait atteint son but, il saisissait l'absurdité de la situation.

Nonchalant et perdu dans ses pensées, il rejoignit le sentier et commença à rebrousser chemin vers son vélo. Il réalisait que son existence n'allait probablement pas changer.

Il allait simplement retourner vivre à Paris. Il

continuerait à travailler dans les fermes le temps d'économiser pour tenter de créer son imprimerie. Reprendre sa vie quotidienne le minait. Il était dépité.

Ce périple devait l'aider à accéder au bonheur.

Au lieu de cela, il repartait fatigué et triste, réalisant que l'avenir ne semblait pas plus radieux que son passé. Il maudissait Saint-Léonard et sa légende. Dans un accès de colère, il enfourcha son vélo et se mit à pédaler de toutes ses forces, comme pour évacuer la rage qui bouillonnait en lui. Il roula jusqu'à l'épuisement.

Arrivé à Montreuil-sur-Ille, il descendit de sa bicyclette et, d'un geste brusque, la poussa dans le fossé. Il se laissa choir sur un petit talus et se prit la tête entre les mains. Comment avait-il pu croire à de telles bêtises ? Comment avait-il pu tout abandonner pour une simple croyance populaire ? Il avait envie de pleurer. Il ne lui restait plus qu'à reprendre le cours de sa vie. La même existence, que lorsqu'il était parti.

- *Le bonheur* ! se dit-il en ricanant. *Avant, je n'étais pas heureux, mais maintenant, je suis malheureux. Voilà tout ce que j'ai trouvé au bout de ce voyage !*

Deux jeunes enfants, d'environ huit ans, arrivèrent dans sa direction en courant, riant et essayant de s'attraper. En apercevant Pierre, ils s'arrêtèrent à sa hauteur et l'un d'eux lui demanda.

- Tu as cassé ton vélo, Monsieur ?

Surpris, Pierre regarda dans la direction que le petit garçon lui indiquait du doigt. Sa bicyclette était à moitié dans le fossé et seule une roue était visible.

- Non, mon vélo n'a rien, petit.

- Ah bon ! Sinon mon oncle pourrait te le réparer. C'est la première maison là-bas. Il possède tous les outils qu'il faut. Son appentis est plein de trucs et il sait tout réparer. Il est très fort, mon oncle !

- Merci, tu es un brave petit, mais je vais bien. Je me reposais juste un peu.

- Tu vas loin ?

- Oui, je rentre à Paris.

- Tu dois avoir faim alors ! Tiens, j'ai un morceau de pain. Je te le donne, j'en ai déjà mangé un ce matin, ajouta l'enfant.

Hésitant, le regard de Pierre passa du visage de l'enfant à sa petite main tendue, lui offrant un croûton de pain. Puis, de la main à ce petit visage angélique, illuminé par un large sourire. L'enfant était heureux de partager sa pitance avec un inconnu. Grâce à lui, Pierre pourrait reprendre des forces et pédaler jusqu'à la capitale.

Il finit par attraper le pain et remercia le petit. Sans rien attendre en retour, les deux amis repartirent en riant, poursuivant leur jeu.

Pierre écouta leurs éclats de rire encore quelques instants. Il ne savait pas pourquoi, mais une phrase lui revint alors à l'esprit, une phrase qu'il avait lue et retenue dans un des livres qu'il aimait :

« Servir, apprécier, s'arrêter pour apprécier »

Ces quelques mots déclenchèrent un déclic en lui. Ces enfants n'avaient pas plus que lui, et pourtant, ils étaient prêts à partager le peu qu'ils possédaient. Et ce geste les avait rendus heureux. Ils prenaient plaisir à rendre service.

Il ferma les yeux pour mieux savourer les rires innocents, qui résonnaient encore à ses oreilles. Quel délice d'entendre rire ! S'arrêter pour apprécier, c'est ce qu'il devait faire. Jamais il ne s'était vraiment accordé le temps de profiter de l'instant. Il était tellement plus facile de se désespérer et de se plaindre, au lieu de chercher ces petits moments de plaisir et de s'accorder des pauses pour les apprécier.

Lui aussi avait servi. Il avait aidé des personnes pendant son voyage, sans jamais écouter la joie réelle qu'elles avaient provoquée, ni réaliser le plaisir qu'il en avait tiré.

Il n'éprouvait pas le besoin de ridiculiser quelqu'un pour exister, comme l'avait fait Rémi. Ce dernier devait se sentir mal-aimé et malheureux.

Il ne partait pas non plus vaincu. Il voulait croire en sa chance.

Il avait sauvé une misérable fille, séquestrée depuis des années. Grâce à lui, maintenant, elle devait être heureuse. Cela lui réchauffait le cœur. C'était si satisfaisant d'avoir pu l'aider.

Il poursuivit sa réflexion. Les moments de bonheur, il les avait connus dans la cathédrale de Chartres ou au Mont-Saint-Michel. Il en avait également vécu grâce à ses diverses rencontres : le couple à Pontorson, Jean avec qui, il avait partagé un moment de complicité.

Et puis, il y avait les fondements du bonheur, ceux que les autres demandaient : le travail, la santé et la famille.

Lui, il possédait déjà tout cela.

Et cette phrase, lue près de la tombe de Saint-Léonard ? Celle qui disait que l'on devait vivre chaque jour comme si c'était le dernier. C'était exact ! Il fallait apprécier chaque minute de chaque journée. Jouir de chaque rencontre, de chaque joie et de chaque moment, en recueillant le meilleur bénéfice. S'arrêter et s'octroyer le temps d'analyser ces instants de bonheur.

Il s'allongea et repensa à tous ces jours qui venaient de s'écouler, à ses rencontres. Un forgeron lui avait permis de continuer sa route.

Aujourd'hui, un enfant lui avait offert son pain et il avait su écouter sa joie. Cela lui avait permis de se sentir le cœur léger et de donner beaucoup de plaisir.

Il venait de réaliser qu'il pouvait fonder sa propre imprimerie et ainsi accomplir son rêve. Cela le rendait euphorique. Celle qui partagerait sa vie s'occuperait de son secrétariat. Car désormais, il était confiant, quelqu'un l'attendait sur cette terre.

Et aujourd'hui, le ciel était bleu et le soleil brillait. En fermant les yeux, on pouvait entendre le gazouillis des oiseaux.

Savoir apprécier était très agréable.

- *Il s'en passe des petits moments de bonheur dans une journée !*

Il ne put s'empêcher de dire à voix haute : « Merci Saint-Léonard ! Grâce à toi, je sais ce qu'est le bonheur ! »

Le cœur léger, il poursuivit sa route.

Rennes

Pierre emprunta le Canal Saint-Martin et finit par arriver à Rennes. Il pénétra dans la ville pour s'engager en direction d'Angers. Il voulait atteindre Châteaubriant avant le soir. Son but était d'arriver dans les vignobles de Saumur afin de trouver du travail et gagner quelque argent avant de repartir.

Dans la ville de Rennes, il remonta vers la place Saint-Michel, pour continuer en direction des quais. Quelle fut sa surprise de croiser Jean, l'homme qui lui avait redonné la force de continuer son périple.

Ce dernier, qui se tenait sur le trottoir opposé, arbora un large sourire dès qu'il aperçut Pierre et traversa aussitôt la route.

Ils s'enlacèrent, comme deux amis de longue date, heureux de se retrouver.

- Avez-vous le temps, Pierre, de venir boire un verre avec moi ? Il y a un café que j'aime beaucoup à deux pas d'ici. Nous y serions au calme. J'aimerais tellement que vous me racontiez !

Pierre accepta avec joie. Il allait enfin pouvoir partager ce qu'il ressentait avec quelqu'un qui ne se moquerait pas de lui. Il avait tant à dire.

Ils s'installèrent à l'intérieur d'une brasserie et commandèrent. Au début, la conversation tourna autour de banalités.

Puis, Jean commença à interroger Pierre sur son voyage, après leur rencontre à Bazouges-la-Pérouse.

Heureux de pouvoir se confier, ce dernier raconta. Il n'omit aucun détail, jusqu'à son arrivée sur la tombe et son souhait. Jean l'écoutait attentivement, espérant une suite, tandis que le jeune homme se taisait :

- Et alors ? demanda-t-il.

- Et alors quoi ? répondit Pierre, surpris.

- Le bonheur, vous l'avez trouvé ?

- Je pense, car j'ai compris beaucoup de choses effectivement. Il était devant moi depuis toujours ! Ce voyage fait partie du bonheur. Il m'a permis de découvrir de nouveaux amis, comme vous. Regardez comme nous étions heureux de nous revoir. Et puis maintenant, nous passons un moment agréable. J'ai découvert de nouvelles façons de vivre. J'ai appris à observer, à apprécier. Puis, j'ai réalisé que je n'avais besoin de personne pour accomplir mon rêve d'avoir une imprimerie. Je pouvais me construire tout seul. De plus, j'ai vu beaucoup de misère. J'ai de la chance d'être valide et sain d'esprit alors qu'autour de moi, plein de gens sont malades ou invalides. Il y a de nombreuses personnes, incapables de subvenir à leurs besoins. Je prends conscience maintenant de la chance d'être autonome. Saint-Léonard m'a aidé à ouvrir les yeux. Et je suis sûr qu'il y a encore plein de belles choses qui m'attendent.

- Je suis heureux de vous entendre parler ainsi. J'apprécie cet optimisme !

- Le mot est faible, je ne veux plus m'apitoyer sur mon manque de chance occasionnel. Je veux être confiant dans un avenir merveilleux ! Je refuse d'être comme Rémi, le garçon que j'ai rencontré à Paris et dont je vous ai parlé l'autre fois. Il ne sera jamais épanoui ! Pourtant, comme moi, il a toutes ses chances. Mais lui, il refuse de les voir.

- Maintenant mon ami, qu'allez-vous faire ?

- Pour le moment, je dois trouver du travail pour gagner un peu d'argent. Puis, j'irai rendre visite à mes parents. Je veux profiter d'eux. Ensuite, éventuellement, je vais continuer à explorer de nouvelles contrées tout en travaillant. Je veux découvrir plein de nouvelles choses. Lorsque j'aurai amassé assez d'argent, je reviendrai chez moi, dans la Creuse. Je fonderai ma propre imprimerie. Mes parents seront fiers de moi et ils ne manqueront plus jamais de rien. Je m'occuperai d'eux.

- Dans ce cas, foncez mon ami ! Je vous souhaite bonne chance. Et, si vous repassez par Rennes, voici mon adresse. Donnez-moi de vos nouvelles.

Il tendit un bout de papier, sur lequel il avait inscrit le nom d'une rue. Pierre était aux anges. Il était ivre de projets et osait concevoir un avenir radieux. Pourquoi ne l'avait-il pas fait avant ?

Heureux, il poursuivit sa route.

Le vol

Voilà deux jours que Pierre avait quitté Rennes. Il approchait de Saumur, et le chemin sur lequel il se trouvait était bordé de vignobles.

C'était la période de la taille de la vigne, ce qui offrait l'occasion de se faire un peu d'argent. Ce matin-là, il se sentait heureux.

Le vélo et lui ne formaient plus qu'un. Il se mit même à imaginer participer au tour de France, prévu pour l'année suivante.

C'était à peine croyable ! Une course sur plusieurs jours, où les concurrents traversaient des villes comme Lyon, Marseille, Bordeaux... Il l'avait lu dans le journal « le vélo », qui était à l'initiative de ce projet.

Ces quelques jours à rouler dans la campagne française depuis son départ de Paris, l'avaient incité à découvrir d'autres lieux et d'autres gens.

Il s'était enrichi humainement. Pourquoi s'arrêter maintenant ? Il pouvait continuer à sillonner la France, tout en travaillant lors de ses différentes haltes. Il pourrait se contenter de dormir dans les granges, où il travaillerait. Ce mode de vie économe lui permettrait d'épargner l'argent nécessaire à l'ouverture de son imprimerie.

Il s'arrêta à la première ferme. La fin du printemps n'était pas trop rude et il fallait se dépêcher de finir la taille de la vigne. Le viticulteur fut ravi de cette main-d'œuvre tombée du ciel et, qui plus est, avec de l'expérience.

Pierre y resta travailler une semaine. Il ne comptait pas ses heures, ce qui lui permit de gagner une belle somme d'argent. Il dormait dans le grenier à foin et mangeait à la table de ses employeurs, qui étaient à peine plus âgés que lui. Ils avaient déjà trois enfants qui mettaient de l'animation dans le foyer.

Le soir, Pierre secondait la maîtresse de maison au poulailler et à la traite des vaches. Cela permettait ainsi à la femme de s'occuper de ses filles.

Cette entente parfaite confortait Pierre à se sentir à l'aise, comme au sein de sa propre famille. Le jour du départ fut un moment pénible pour tous. Le couple lui souhaita un bon voyage et ils promirent de se revoir. Pierre avait le cœur serré, mais il éprouvait aussi de la joie d'avoir de nouveaux amis et d'avoir partagé des moments de bonheur. Il enfourcha son vélo et prit la direction de la Creuse.

Alors qu'il roulait paisiblement sur un chemin plat, appréciant le soleil qui lui chauffait le visage, il manqua se faire renverser. Un garçon, à vélo aussi, transportant sur le porte-bagages une jeune fille à peine plus âgée que lui, arrivait d'une descente sur sa droite.

- Attention ! s'exclama Pierre qui avait eu très peur.

Pour toute réponse, il n'y eut que des éclats de rire, et bientôt, le couple disparut à l'horizon.

Pierre poursuivit sa route, essayant de penser au plaisir de revoir ses parents. Il roula encore un à deux kilomètres avant de s'arrêter pour assouvir une envie pressante.

Alors qu'il était en besogne derrière un fourré, il entendit des bruits de pas précipités, suivis de rire étouffés.

Son sixième sens en alerte, il se rhabilla rapidement et courut vers son vélo. Il n'eut que le temps d'apercevoir les deux jeunes gens, rencontrés plus tôt, filer au loin sur leur bicyclette et... la sienne.

Le garçon lui lança quelques mots, mais l'éloignement l'empêcha d'entendre clairement.

- Mon vélo ! hurla Pierre. Revenez ! C'est mon unique moyen de transport et je vais très loin.

Mais rien n'y fit. Un silence pesant s'installa. Désemparé, le jeune homme regarda autour de lui. Il était seul au milieu de nulle part, seul face à lui-même, la colère au ventre.

La malchance, voilà à quoi se résumait sa vie. Il avait beau faire et croire, le mauvais sort s'acharnait. Quand tout allait bien, il fallait que quelque chose de mal arrive !

Au diable Saint-Léonard et les belles paroles qu'il avait eues et celles entendues à son sujet. Les choses étaient trop instables, le bonheur était trop fragile !

La fatigue aidant, il s'écroula sur un caillou et laissa ses larmes le submerger. Il avait tout perdu, il n'avait plus rien. Heureusement, il avait gardé son argent et ses papiers sur lui !

Au loin, il entendit un vrombissement, le bruit d'un moteur. C'était une moto !

Bientôt, il la vit s'approcher. Son pilote était affublé d'un casque et de grosses lunettes. Pierre se leva d'un bond et lui adressa un signe. La moto s'arrêta à sa hauteur.

Le chauffeur lui demanda :

- Eh bien, que faites-vous au milieu des champs, tout seul ?

- On vient de me voler mon vélo. Je ne pensais point voir quelqu'un dans ce désert. Pouvez-vous m'emmener ?

- Montez, je vais vous déposer à la gare de Châtellerault.

Pierre ne se fit pas prier. Il monta sur l'engin et n'hésita pas à s'agripper au pilote lorsque ce dernier repartit dans un bruit de pétarade. La moto roulait vite et cette allure l'enivrait. Il en oubliait presque le vol de son vélo.

Trente minutes plus tard, arrivé à destination et rendu euphorique par la vitesse, il descendit de la moto et remercia chaleureusement son bienfaiteur.

Après s'être procurer un billet pour Guéret, ville qui se trouvait à une vingtaine de kilomètres de la maison familiale, il alla attendre sur le quai.

La tristesse reprit rapidement le dessus. La perte de son vélo représentait plus qu'une simple privation d'un objet. Sa bicyclette était bien plus que cela à ses yeux.

C'était l'emblème de son périple, de tout ce qu'il avait vécu.

C'était aussi le vélo de Jacques, une personne qui l'avait aidé lorsqu'il avait été dans le besoin.

Il symbolisait à la fois ses peines et ses joies.

Une rencontre inattendue

Le quai était presque désert, à l'exception d'un vélo équipé de gros baluchons, accrochés de toutes parts. Intrigué, Pierre s'en approcha. Quel voyageur pouvait bien posséder un tel engin aussi chargé et si poussiéreux. Curieux, il resta à distance tout en gardant un œil sur la bicyclette, souhaitant ainsi voir, qui en était le propriétaire.

Le train n'allait plus tarder. Des personnes commençaient à arriver et sortaient du bureau de la gare. Quelle ne fut pas sa surprise lorsqu'il aperçut surgir du hall d'entrée, une femme qui se dirigeait vers le deux-roues. Elle était habillée d'un « short-culotte ». Cet uniforme ne laissait pas la gent féminine indifférente. Les nombreuses femmes s'exclamaient devant cette tenue outrancière.

Il en était de même pour la gent masculine qui considérait cette tenue subjective et non appropriée pour une femme. Même son vélo n'était pas une bicyclette pour dames.

Mais la cycliste restait de marbre devant ces attitudes et se souciait peu des commentaires. Sous sa casquette en cuir, qui lui cachait les yeux, on pouvait entrevoir un visage métissé avec aux traits fins et, surtout, beaucoup de charme. Elle se mouvait avec élégance et féminité malgré sa tenue vestimentaire.

Tous les regards étaient braqués sur elle. Heureusement, l'arrivée du train fit diversion. Les personnes présentes se rassemblèrent sur le quai, bousculant la jeune fille sur leur passage. On devinait qu'elles le faisaient avec un certain plaisir.

Cette dernière eut bien du mal à se frayer un chemin jusqu'au wagon. Pierre n'hésita pas. Il s'avança vers la femme en détresse et empoigna son vélo. Celui-ci était lourd, mais en raison de colère face à tant d'incivisme, il le souleva sans mal dans le wagon. Des gens protestèrent et se plaignirent de la gêne occasionnée. Sans se préoccuper des réflexions, il monta à son tour et tendit la main à la jeune femme pour l'aider à le suivre.

D'un geste sûr, elle profita de cette aide impromptue alors que le train commençait à démarrer. Ils s'affalèrent chacun sur un siège. La demoiselle enleva sa casquette et défit le nœud du ruban qui maintenait ses cheveux d'ébène. Elle les agita avec ses mains comme pour les libérer. Elle avait un sourire enjôleur et Pierre la trouva exceptionnellement belle. Cette beauté s'accentua, lorsqu'elle inclina la tête en arrière et secoua sa chevelure.

- Merci, dit-elle. Sans vous, je ratais ce train. Je m'appelle Alice.

- Moi, c'est Pierre. Tous ces gens qui faisaient exprès de vous bousculer !

- Il faut dire que ma tenue n'est pas des plus convenables. Je les ai choqués, je le sais. Mais c'est tellement plus pratique pour faire du vélo ! J'ai bien essayé avec une robe…

- On dirait que vous venez de faire le tour du monde, plaisanta Pierre.

La jeune fille se mit à rire, renversant à nouveau la tête en arrière.

- Non, je laisse ça à Annie Kopchowshy*. C'est au demeurant elle qui m'a inspirée. Moi, je me suis contentée du tour de France.

- Avec un tel nom, sûr que cela n'a pas dû être facile pour elle.

- Pourquoi prétendez-vous cela ? C'est injuste !

- J'en sais quelque chose ! Mon nom est Storkawicz. Vous avez terminé votre voyage ?

- Oui, je rentre chez moi à Guéret. Mes parents m'attendent. Mon père est très âgé. Maintenant, je vais m'occuper de lui. Il était très inquiet à l'idée de ce voyage à vélo. Vous habitez à Guéret aussi ?

- Non, mes parents vivent quelques kilomètres de la ville, dans la campagne. Je vais leur rendre visite. Mais, dans peu de temps, je reviendrai vivre auprès d'eux. Ils sont âgés et je suis leur unique enfant. Mais vous, pourquoi ce tour de France ?

- Un pari et aussi un rêve de jeune fille. L'envie de visiter d'autres villes, de rencontrer de nouvelles personnes... C'est aussi l'occasion de prouver qu'une femme a toutes les chances de réussir. Voilà sept mois que je suis partie. J'ai travaillé pour gagner ma vie et mon autonomie. Maintenant, je suis arrivée au bout. Mon voyage est là, conclut-elle en pointant son crâne de son index.

- Moi aussi, j'ai un rêve et je compte travailler dur pour le réaliser. Je sais que j'y arriverai !

- Et quel est ce rêve ? Bien sûr, si ce n'est pas indiscret.

- Fonder ma propre imprimerie. J'aimerais me spécialiser dans le papier à lettres. J'ai tant d'idées de créations.

Elle écarquilla les yeux et le fixa à un tel point, qu'il se sentit mal à l'aise.

Enfin, elle rompit ce silence pesant :

- Ça alors ! Mais votre rêve n'est pas si difficile à réaliser.

- Il faut de l'argent ! s'exclama Pierre, vexé.

Sans se préoccuper de sa réponse, Alice continua :

- Je vous ai dit que mon père était fatigué. Il est propriétaire d'une imprimerie à Guéret. Je rentre pour prendre en main l'affaire familiale et je pensais m'associer.

- Mais, je ne dispose pas de l'argent nécessaire pour le moment.

- Rien de plus simple, vous devenez mon employé pour m'assister et apprendre le savoir-faire de papa. Vous pourrez ainsi mettre une partie de votre salaire de côté le temps de pouvoir vous associer. Et moi, cela me laissera le temps de vous juger sur votre travail et de savoir si une association avec vous conviendrait.

Ne trouvant pas ses mots, Pierre ne pouvait que dévisager la jeune fille. Quel était cet ange que le ciel lui envoyait. Était-ce Saint-Léonard ? Il la laissa continuer :

- Il y a tout de même une condition.

- Laquelle ? réussit-il à dire en s'attendant à une désillusion.

- Nous devrons continuer à éditer mes poèmes. J'adore écrire et quoi que vous en disiez, je ne capitulerai jamais. J'ai eu le temps, pendant mon voyage, d'en produire une quantité considérable. Tant de choses m'ont inspirée !

- C'est une condition qui me convient. Mais êtes-vous sûre que votre père appréciera votre décision ? C'est son imprimerie après tout. Je pense qu'il aura son avis à donner.

- Il ne me refuse jamais rien ! dit-elle d'un ton qui indiquait que sa décision était prise, quelle que soit celle de son père.

Avec un sourire satisfait, elle s'enfonça dans son siège, comme pour indiquer que le pacte était scellé et que la conversation à ce sujet était close.

Pierre fit de même et se surprit à remercier les deux voleurs de vélo.

Sans eux, il n'aurait jamais pris le train, ni réalisé son rêve de travailler dans une imprimerie.

Il n'aurait pas rencontré Alice, qu'il trouvait de plus en plus charmante.

* En 1894, à la suite d'un pari, Annie Cohen Kopchowshy,

(pseudonyme Annie Londonderry) partait faire le tour du monde à vélo.

D'autres suivirent son exemple, mais ce fut la première.

Jacques

À Mortagne-au-Perche, le 16 novembre 1902, ce fut une date mémorable pour ses habitants. Lorsque Pierre descendit de l'omnibus, il fut surpris par l'odeur prononcée de la rue, irritant les yeux et la gorge. Les voyageurs étaient tous descendus. Non pas, parce qu'ils étaient arrivés, mais par curiosité.

Un incendie avait ravagé trois maisons dans la nuit. Fort heureusement, sans faire de victimes. Le pire avait pu être évité grâce à l'entraide et l'intervention des habitants qui avaient promptement réagi.

Une chaîne humaine s'était formée et l'incendie, avec le concours des pompiers, avait vite été circonscrit.

Les personnes sinistrées avaient eu le soutien du voisinage et avaient trouvé un toit pour cette nuit et les suivantes.

Une grande solidarité était née, et c'était tout un village qui aiderait à reconstruire les maisons détruites.

- Le bonheur est pour ceux qui sont dans le deuil. Ils seront consolés, pensa Pierre. Les paroles du prêtre de Chartres prenaient tout leur sens ici ! Fallait-il continuellement un malheur, pour voir naître une telle solidarité et éprouver le bonheur d'être soutenu ?

Puis, il se mit à descendre la rue. Il repassa devant le banc où se tenaient deux personnes âgées lorsque, quelques mois plus tôt, il était passé avec son vélo cassé.

Où étaient-elles ? Peut-être à aider des malheureux.

Il s'arrêta et se remémora les sentiments qu'il avait ressentis à ce moment-là. Il était désespéré, ne pouvant ni continuer son chemin ni revenir à Paris.

Aujourd'hui, il souriait à ce souvenir.

Puis, il continua en direction de la forge. La porte était ouverte et il l'aperçut.

Jacques lui tournait le dos. Mais comme guidé par un sixième sens, ce dernier interrompit son travail et se retourna. Il sourit à Pierre qui se tenait sur le pas de la porte.

Son visage rayonnait comme s'il espérait cette visite depuis longtemps.

- Je viens te dire ce que j'ai trouvé sur la tombe de Saint-Léonard ! lança Pierre.

Jacques le regarda et éclata de rire.

- Ainsi, tu es revenu ? Viens, mon ami. Allons au café, que tu me racontes.

Ils s'installèrent au fond de la salle, afin d'y être tranquilles.

Pierre racontait, Jacques écoutait.

Ils restèrent ensemble jusqu'à ce que l'omnibus du retour arrivât.

Pierre monta dans le véhicule et adressa un signe d'adieu à son ami.

De son côté, Jacques regagna le chemin de la forge.

Il se mit à siffloter. Il était heureux.

Epilogue

La foule était dense. Personne ne faisait attention à elle. Elle tenait son enfant dans ses bras pour le protéger.

Sa petite taille l'empêchait d'apercevoir au-dessus des têtes. Les mains étaient levées, en ovation aux premiers coureurs qui arrivaient. Tous brandissaient le périodique « Le vélo », qui était à l'origine de cette course.

Il faisait exceptionnellement chaud en ce mois de juillet 1903.

Alice était montée en train pour rejoindre Avray, en Ile-de-France. Elle voulait être à l'arrivée pour accueillir les coureurs cyclistes du premier tour de France.

Dans ses bras, son enfant, Anna, âgée de quelques mois à peine. Elles avaient quitté toutes les deux Guéret pour venir applaudir leur père et mari.

Ce dernier avait pris part à cette course qui lui avait fait parcourir presque deux mille cinq cents kilomètres dans des conditions extrêmes.

Alice était fière. Pas parce qu'il était arrivé le premier, non, loin de là ! Il n'était pas dans le peloton de tête. Elle était fière, car il avait achevé la course. Il faisait partie des quelques coureurs qui avaient tenu le coup. Elle était fière, car il était beau sur son vélo. Elle était fière de son courage, car il l'avait fait.

Aujourd'hui, elle allait le revoir, le serrer dans ses bras. Ils allaient de nouveau former une famille. Il lui raconterait les villes traversées. Il la ferait rêver et revivre son tour de France à elle.

Plus tard, ils en avaient parlé, ils partiraient tous les trois. Ils mettraient Anna dans une petite charrette, accrochée au vélo. Ils réaliseraient leur tour de France ensemble. Et pourquoi pas plus loin...

Les cris de joie redoublèrent. Bousculée de plus belle, Alice s'éloigna. Elle laissa la foule en liesse se jeter sur les premiers arrivés qui furent aussitôt portés à bout de bras au-dessus des têtes.

Elle profita d'un mouvement de foule vers le podium pour s'approcher de l'arrivée. D'autres cyclistes apparaissaient, mais Pierre n'était toujours pas là. Elle attendit, scrutant l'horizon à s'en faire mal aux yeux.

Et puis, et puis… Elle le vit. Dans son collant et son maillot noirs, c'était lui. Un brassard blanc à son bras indiquait le numéro trente-et-un.

Il semblait souffrir, mais lui aussi aperçut Alice et Anna. Cela lui insuffla la force nécessaire pour franchir les derniers mètres. Quand la ligne fut atteinte, il laissa le vélo tomber au sol et se jeta dans les bras de sa femme.

Il embrassa son épouse et sa fille. Il n'arrivait pas à reprendre son souffle. Mais qu'importe, il était épanoui.

À terre, son vélo arborait un petit étendard aux couleurs de l'imprimerie de Guéret, leur imprimerie !

Laissant les vainqueurs du tour profiter de leur victoire et emprunter la direction du vélodrome, Pierre et Alice, enlacés et serrant leur fille, s'éloignèrent.

Il était temps de rentrer à la maison pour continuer à goûter à leur bonheur.

149

Du même auteur

Marie
La lettre
La vérité
Prémonitions
Ma vie d'avant
La Saint-Valentin
Ma mère est une star
L'histoire de Caroline Sillès
Un secret bien gardé
Une famille insolite
Je te rencontrerai
Un terrible secret
Destins croisés
El milagro

www.ingramcontent.com/pod-product-compliance
Lightning Source LLC
Chambersburg PA
CBHW071426150726
48000CB00001B/497